BᵛT

Wie lange kann man glücklich sein? Solange es dauert, eine Uhr aufzuziehen, sagte Tschechow. Viel länger vermögen auch die Helden aus Keto von Waberers Erzählungen ihr Glück nicht zu fassen: Da ist Annette, die sich einen Liebhaber ausdenkt, Albert, der nachts den Rasen mäht, um den Tod seiner Frau zu verarbeiten, Frau Meiser, die Türkisch lernt, um ihrem Untermieter zu gefallen, oder Micha, die sorgfältig eine Forelle seziert – und die eigenen Gefühle gleich mit. Genau und unsentimental offenbart uns Keto von Waberer das Innenleben ihrer Helden, ohne sie je zu verraten – und erzählt dabei von den Wirrnissen, die die Liebe im Alltag hinterlässt.

Keto von Waberer studierte in München und Mexiko. Sie arbeitete als Architektin, Übersetzerin, Journalistin und Schriftstellerin. Seit 1998 hat sie einen Lehrauftrag für Creative Writing an der Hochschule für Film und Fernsehen in München. Ihre Arbeit wurde mit zahlreichen Preisen ausgezeichnet. Bei BvT erschienen bereits die Erzählbände *Fischwinter* (2003), *Der Schattenfreund* (2004), *Die heimliche Wut der Pflanzen* (2006) und *Der Mann aus dem See* (2006) sowie die Romane *Blaue Wasser für eine Schlacht* (2002), *Schwester* (2004), *Heuschreckenhügel* (2005) und *Mysterien eines Feinkostladens* (2005).

Keto von Waberer

Umarmungen

Erzählungen

Berliner Taschenbuch Verlag

FSC
Mix
Produktgruppe aus vorbildlich
bewirtschafteten Wäldern und
anderen kontrollierten Herkünften

Zert.-Nr. GFA-COC-1223
www.fsc.org
© 1996 Forest Stewardship Council

Juli 2008
BvT Berliner Taschenbuch Verlags GmbH, Berlin
© 2007 Berlin Verlag GmbH
Umschlaggestaltung: Rothfos & Gabler, Hamburg,
unter Verwendung des Gemäldes *Zwei Mädchen* (1928)
von Christian Schad, © VG Bildkunst Bonn 2008.
Druck und Bindung: Clausen & Bosse, Leck
Printed in Germany
ISBN 978-3-8333-0547-4

www.berlinverlage.de

She's pressing me gently with a hot stream iron, or she slips her hand inside me as if I were a sock that needed mending. The thread she uses is like the trickle of my blood, but the needle's sharpness is all her own.

Never since the beginning of the world has there been so little light. Our winter afternoons have been known at times to last a hundred years.

Aus: Charles Simic, »The World doesn't end«

Sie bügelt mich sanft mit einem heißen Eisen, oder ihre Hand schlüpft in mich rein, als wäre ich eine Socke, die gestopft werden soll. Der Faden, den sie dazu braucht, ist dünn wie das Tröpfeln meines Blutes, aber daß ihre Nadel so spitzig ist, das ist ganz und gar ihre Sache.

So wenig Licht hat es seit der Erschaffung der Welt nicht gegeben. Wie man weiß, dauern unsere Winternachmittage bisweilen hundert Jahre.

Deutsch von H. M. Enzensberger

INHALTSVERZEICHNIS

FASCHING

»Februar ist ein grässlicher Monat«, sagte Lonni. »Ohne Farbe, ohne Hoffnung – etwa auf Weihnachten oder Frühling oder sonst was. Die Zeit steht still.«

»Valentinstag«, sagte ich. Lonni spuckte in den Schnee.

Der Fluss fror selten zu, nur am Ufer formten sich Eisfächer um die Schilfbüschel. Die blassrosa Weidenbüsche sahen krank aus und so, als würden sie es nie mehr schaffen, grün zu werden. Es war der Tag unseres vierzehnten Geburtstags, und an den Betonklötzen der Uferbefestigung hingen wie zum Schmuck riesige Eiszapfen. Wir hockten auf der Kiesbank. Lonnis Haare waren der einzige leuchtende Fleck im Grau. Sie hatte rote Haare und Sommersprossen, groß und blass wie Goldmünzen. Ich sah zu, wie sie eine Kerze in den Rücken des Hundes steckte, den sie aus Schnee geformt hatte – braune gefleckte Kiesel als Zunge. »Mein Geschenk für dich«, sagte sie. »Blas sie aus.« Mit ihren roten Händen schützte sie die Flamme.

»Sie haben mich nicht weggelassen«, sagte ich und holte ein Stück eingewickelten Marmorkuchen aus meiner Tasche. Eine Kerze hatte ich so schnell nicht finden können, so hielt ich ihr mein neues Taschenmesser hin, und sie nahm es wortlos entgegen. Lonni liebte scharfe Messer. Auf ihrer Wange leuchtete eine dünne Narbe wie ein rotes Komma, als hätte sie versucht, sich ein Grübchen einzuritzen.

»Ich möchte auch so eine Narbe«, sagte ich lachend und versuchte ihr das Messer wieder aus der Hand zu nehmen.

»Ich mach dir eine«, sagte sie, den Mund voll Kuchen, »die am Fuß reicht dir wohl nicht.«

Damals hatte sie mir die Stelle im Fluss gezeigt, wo das Kanalrohr aus dem Schlachthof mündete. Das Wasser war dort blutrot, und große Fische kamen hierher, um sich vollzufressen. Man konnte sie immer wieder kurz aufblitzen sehen, und manchmal, wenn sie um die besten Brocken kämpften, schien das Wasser zu kochen. Alle anderen Kinder mieden diesen Ort, an dem es nach nassem Fell roch und nach Tod. Wir waren furchtlos und wild und anders als der Rest. Wir trugen immer Hosen und Militärjacken. Wir zeigten weder Angst noch Schmerz. Wir brauchten uns nur einen Blick zuzuwerfen und waren uns einig. Beim Spielen trieben wir die anderen Kinder zu waghalsigen Abenteuern. Wir ließen sie über den Kanal balancieren, auf dem rostigen Rohr, das an beiden Enden mit einer Stachelmanschette geschützt war. Wir brachten sie dazu, sich über das kleine Wehr treiben zu lassen bis hinunter zu dem Gitter, in dem sich Tang und Äste verfingen und manchmal auch eine Leiche. Das hatte uns Lonnis Mutter erzählt. Sie lag meist auf dem Sofa, las Illustrierte oder lackierte ihre Fußnägel. Jedenfalls an den Sonntagen. Die Woche über arbeitete sie in der Fabrik und sagte uns, man werde ihr dort noch das Kreuz brechen. Ich stellte mir vor, was sie dort mit ihr machten. Ich fragte nicht. Sie hatte Lonnis rote Haare, aber ihre Haut sah aus wie Haferbrei. Meine Haare waren schwarz und meine Haut im Winter grün, sagte Lonni. Dennoch waren wir Zwillinge. Am selben Tag geboren. »Februarkatzen«, sagte Lonnis Mutter und zündete sich eine Zigarette an. »Man hätte euch ersäufen sollen.«

Lonni und ich gingen nicht in dieselbe Schule und wohnten in unterschiedlichen Vierteln. Wir hatten uns bekriegt, mit Steinen und Grasbüscheln beworfen. Das war in den Flussauen gewesen. Lonnis Leute hatten unser Lager geplündert. Wir hatten ihre Fahne zerrissen und in den Fluss geworfen. Lonni und ich waren brüllend übereinander hergefallen, hatten uns an den Haaren gezogen und gebissen. Als sie mich dann in den Abfallhaufen schubste, war ich in eine kaputte Glasflasche getreten. Lonni hatte mir ihren linken Schuh angezogen und war mit mir zur Straße gehinkt, um ein Auto anzuhalten. So hatte es angefangen mit uns. Meinen Eltern erzählte ich später, die Krankenschwester in der Schule hätte mich verbunden. Sie wussten nicht, dass ich jeden Tag am Fluss spielte. Sie glaubten, ich ginge nachmittags zur Schule. Leute wie Lonni und ich mussten einfach lügen, auch darüber waren wir uns einig. Man musste ein wenig stehlen können im Supermarkt, was man so brauchte, nicht viel. Ein wildes freies Leben, wie wir es zu führen gedachten, fand kein Verständnis bei den

Erwachsenen. Lonni durfte allerdings anziehen, was sie wollte, sie durfte auch nachts auf die Straße und sie schnitt sich die Haare mit der Nagelschere. Sie lachte so laut, dass die Leute auf der Straße stehen blieben, und wischte sich die rotzige Nase an ihrem Ärmel ab. Ich liebte sie dafür. Meine Mutter achtete darauf, was ich trug und was ich sagte. Sie fürchtete schlechte Einflüsse und fragte, was die Eltern meiner Freunde machten und wo sie wohnten. Ich hatte ihr erzählt, Lonnis Vater sei Chirurg, dabei hatte ich ihn noch nie gesehen und glaubte, dass es ihn gar nicht gab. »Man braucht keinen Vater«, sagte Lonni. »Männer sind überflüssig!« Ich stimmte ihr nicht zu, aber ich gab ihr darin recht, dass es idiotisch war zu heiraten.

Wir hockten auf den Steinbrocken der Uferbefestigungen und sahen zu, wie die Möwen sich um die Kuchenbröckchen balgten.

»Am liebsten würde ich Salz heißen«, sagte Lonni. »Oder Eis oder Hagel.«

»Ich will wie eine Pflanze heißen«, sagte ich. »Anemone vielleicht.«

»Wie mädchenhaft«, sagte sie. Sie schnitt sich mit dem Messer in den Daumen und hielt ihn mir hin. »Trau dich, du zarte Anemone.«

Ich leckte das Blut ab. Sie lachte, ließ noch ein paar Tropfen in den Schnee fallen und hielt dann mir das Messer hin.

»Das mach ich nicht«, sagte ich.

»Dann mach was anderes zur Feier unseres Geburtstags«, sagte Lonni und leckte an der Klinge.

»Du bist zum Kotzen«, sagte ich, zog meine Schuhe und Strümpfe aus, hob meine Hosen, watete ins Wasser und blieb dort stehen.

»Na schön«, sagte Lonni. »Komm wieder raus.«

Im Februar war die Stadt abweisend und schmutzig. Schnee lag in grauen Haufen auf den Plätzen oder wie hart gefrorene Gischt an den Rändern des Gehsteigs. Im Park kamen räudige Grasflecken unter dem Schnee zum Vorschein und gefrorene Maulwurfshügel. Später liefen wir zwischen den Baumstämmen durch und über die Felder im harten erdigen Schnee. Unsere Füße waren kalt, und unsere Hände steckten in den Taschen. Wir waren beide als Männer verkleidet. Die Mäntel hatten wir in der Turnhalle versteckt. Ich, ein schwarzer Anzugkerl, mit Halbmaske, hatte meine Haare unter einem Hut verborgen. Die Reitstiefel meiner Mutter waren mir zu groß und machten ein knirschendes Geräusch auf dem gestreuten Weg. Lonni, mir immer einen Schritt voraus, trug einen weiten roten Umhang und einen Dreispitz mit Schwanenflaum am Rand. Beides hatten wir in der Faschingskiste meiner Eltern gefunden. Sie waren Ski fahren, und meine Großmutter, die das Haus und mich bewachen sollte, erlaubte uns alles. Die Stiefel machten mich schwerfällig, und ich fand Lonni besser verkleidet und ärgerte mich darüber.

Das Zelt stand wie immer am Stadtrand, dort, wo sich die beiden Flüsse trafen und eine dreieckige Landzunge formten, die man den Wolfszahn nannte. Ein Ort, der uns besonders gefiel, denn dort gab es in den Uferbüschen einige rostige Caravans, Gerümpel und Wellblechhütten. Schon von weitem hörten wir Hundegebell, Musik und Geschrei und sahen Dampf über dem Zelt aufsteigen und Menschen, die im schlammigen Schnee um den Eingang standen und darauf warteten, eingelassen zu werden. Lonnis Cousine hob die Zeltplane für uns und ließ uns durch den Hintereingang hineinschlüpfen. Sie spendierte uns ein Bier. Wir stellten uns neben die Kapelle und versuchten, wie zwei junge freche Kerle auszusehen, die sich ein Bier teilen. Niemand nahm Notiz von uns, und weil wir uns vorher ausgemalt hatten, wie Frauen sich uns nähern würden, um mit uns zu tanzen, waren wir enttäuscht, versuchten aber beide, uns das nicht anmerken zu lassen. Lonni kratzte an ihrer Narbe und schlug mir auf die Hand, weil ich mit den Fingerknöcheln knackte, daran erinnere ich mich noch genau. Es war rauchig und laut in dem Zelt. Warme Luft wurde hereingeblasen und wirbelte um uns her wie die heißen Seufzer eines großen traurigen Wesens.

Da standen wir und sahen zu, wie lauter maskierte Leute, die uns alt vorkamen, sich herumschoben, aneinandergeklammert, übertrieben lachend und schreiend, wie sie wild herumsprangen oder sich küssten. Wir fanden das ekelhaft und warfen uns Blicke zu. Jemand drängte sich zwischen uns durch und warf uns fast um. Es war ein Mann, nicht größer als wir. »Pass doch auf, Trottel!«, schrie Lonni, aber er hörte nicht hin. Er sprang die Stufe hinauf mitten ins Orchester und fing sofort an zu geigen. Wir hatten die Geige gar nicht an ihm bemerkt. Die anderen Musiker kannten ihn, und wer ihn erreichen konnte, versetzte ihm einen Schlag oder einen Stoß, so dass er hin und her taumelte unter der Wucht dieses Willkommens. Er lachte und fing an zu spielen. Die Musik veränderte sich sofort, wurde schneller, atemlos, es kam Bewegung in die trägen Herumschieber. Auch in uns. Mir war danach zu lachen und zu hüpfen. Ich packte Lonni und wollte sie zum Tanzen schleppen, aber sie machte sich los, ohne mich anzusehen. Sie kümmerte sich nicht um mich und hatte nur Augen für die Kapelle. Und so, mit verdrehten Augen und offenem Mund, sah sie so erschreckend blöde aus, dass ich lachen musste. So standen wir eine Weile da, und ich beobachtete Lonni erst neugierig, dann ratlos. »Was ist los?«, schrie ich, aber plötzlich wusste ich es. Ich sah, dass der Mann, während er fiedelte, mit einer raschen Bewegung seine Haare zurückwarf – er hatte schulterlange Haare, glatt, dicht und nass vom Schnee –, ich sah, wie seine halb geschlossenen Augen sich öffneten, um für Sekunden einen schwarzen Sternenblick zu uns herüberzuschicken. Ich war empört darüber, wie deutlich man sehen konnte, dass er diesen Blick auf Lager hatte. Noch empörter war ich, dass dieser Blick bei Lonni ankam und sie dazu brachte, den Dreispitz abzunehmen und den Kopf zu schütteln, bis ihr Haar über ihr Gesicht fiel wie ein roter Wasserfall. Am schlimmsten aber war der seltsame Schmerz in der Kehle, es schmerzte mich, dass dieser Blick nicht mir gegolten hatte.

Ich ließ Lonni zurück und drängte zum Ausgang. Ich

glaube nicht, dass sie es gleich bemerkte. Ich ließ sie zurück, dem schwarzen Sternenblick ausgesetzt, und stolperte in meinen zu großen Stiefeln nach Hause.

Am nächsten Tag überredete ich Lonni, wieder mit ins Zelt zu kommen. Ich versprach ihr, diesmal etwas zu trinken für uns zu kaufen. Meine Großmutter hatte mir Geld gegeben für Luftschlangen, Konfetti, Krapfen, Bratwürste und Knallerbsen. »Sie ist doch noch ein rechtes Kind«, hörte ich sie zu ihrer Freundin am Telefon sagen.

Diesmal schaute ich mir den Mann genau an. Sein bürstendichtes Haar, seine Bewegungen, sein rotes schmutziges Hemd. Er war in nichts mit den Männern zu vergleichen, die ich kannte. Die Nase, lang und gerade, mit Nasenflügeln, so gebläht, als sauge er beständig Luft ein und brauche besonders viel davon. Der Mund, dunkelbraun und breit, war immerzu in Bewegung. Wenn er lachte, verschwanden seine Augen und sein Mund öffnete sich weit. Es machte mich verlegen, ihn dabei zu beobachten. Etwas in mir hatte Teil an diesem Lachen, stimmte ihm zu, ich konnte es fühlen, tief in der eigenen Kehle.

Lonni stand neben mir, die Augen gesenkt, sie trank aus ihrem Glas. Die Musik, seine Musik, wusch über uns hinweg wie eine kleine Brandung, zerrte an uns, es machte mich unruhig. Wir waren beide verlegen, etwas trennte uns voneinander, wir hatten nichts mehr, was uns zusammenhielt. Hier neben der Kapelle, mitten im Lärm des Zelts, umgeben vom Geruch feuchter Wintermäntel, Bier und gebratenen Fleischs, überfiel mich plötzlich das Gefühl, allein zu sein. Ich sah Lonni an, und sie merkte es nicht. Sie sah ihn an und er sah sie an. Es war nicht nur ein kurzer Blick. Dieser Blick schloss mich aus. Zum ersten Mal sah ich ein Männergesicht dunkel werden vor Verlangen. Ich erschrak. Ich erkannte Lonni kaum noch. Sie sah aus, als hätte ihr jemand zwei Ohrfeigen gegeben, rechts und links, ihre Wangen glühten und auch ihre Augen röteten sich, als würde sie gleich losheulen. Ich hatte sie noch nie weinen sehen.

Draußen hatte es zu schneien begonnen, und auf den zugefrorenen Pfützen lag der Schnee, zart wie Schwanenflaum. Ich steckte die Hände in die Taschen, nahm Anlauf, rannte und schlitterte, dass die Flaumfedern nur so um meine Stiefel stoben. Ich lachte laut und schrie Verwünschungen und Flüche in die Nacht. Lonni hatte uns verraten. Ich brauchte sie nicht. Ich hatte keine Angst davor, allein nach Hause zu gehen.

Aber natürlich hielt ich es am nächsten Abend zu Hause nicht aus.

»Wo ist Lonni?«, fragte meine Großmutter. »Was für eine Laus ist dir denn über die Leber gelaufen? Sag schon!« Aber ich konnte es ihr nicht sagen. Ich wusste nicht genau, was mir geschah. Jeden Abend, wenn die alte Frau endlich eingeschlafen war, zog ich los, allein, wie ein trauriger Zorro.

Ich lief durch die Straßen, versteckte mich in Toreinfahrten, schaute in Lokale, flüchtete vor munteren maskierten Haufen, die mich mitziehen wollten oder mir Konfetti ins Gesicht warfen. Allein traute ich mich nicht ins Zelt, allein traute ich mich überhaupt nirgends hinein.

An einem frostigen Abend, als ich um das Zelt herumlungerte, sah ich, wie sich Lonni durch den Hintereingang hinausquetschte. Sie hatte das Cape an und den beflaumten Dreispitz tief in die Stirn gedrückt. Sie kam auf mich zu, als hätte sie mich gesehen, aber ich hatte mich getäuscht. Hinter mir platzte die Zeltplane mit einem Knall auseinander, und ein Mann schoss heraus und war schon über die harten Schneehaufen geklettert und zweimal hingefallen und wieder aufgestanden, ehe ich ihn erkannte. Lonni lief mit flatterndem Mantel über die Wiese. Bei den ersten Bäumen holte er sie ein. Ich sah noch, wie sie sich umblickte nach ihm, den Hut abnahm und ihr Haar schüttelte. Ich hörte sie lachen, dieses laute, wunderbare Lachen, und dann hatte er sie erreicht, und ich hörte nichts mehr.

Der Fasching war zu Ende, und ich packte mein Kostüm in die Kiste. Meine Großmutter hatte es gewaschen und geflickt. Meine Eltern kamen vom Skifahren zurück.

An einem Nachmittag läutete Lonni an unserer Tür. Ich beobachtete sie durchs Guckloch. Als sie aufgegeben hatte und sich zum Gehen wendete, öffnete ich die Tür. Ich ließ sie nicht herein, sondern trat hinaus und zog die Tür hinter mir zu. Da stand Lonni ein paar Minuten, ohne mich anzusehen und ohne etwas zu sagen, dann warf sie den Mantel, in den der Hut gewickelt war, nach mir, drehte sich um, ging und schlug das Gartentor hinter sich zu. Ich zitterte. Nichts fiel mir ein, was ich hätte sagen können. Ich stand noch eine Weile vor der Tür. Es war ein sonniger Tag mit blankem Himmel, und über den Schloten der Kammgarnfabrik hielt sich ein zitronengelber Fesselballon regungslos im dunklen Blau.

Mein Vater wurde in eine andere Stadt versetzt, und diese Stadt hatte keinen Fluss, dafür lag sie am Meer und es gab einen Leuchtturm, einen Hafen und alle möglichen Schiffe, auch Möwen, aber die hatten nichts von den Möwen, die ich von unserem Fluss kannte. Meine Mutter telefonierte jeden Tag mit meiner Großmutter und versuchte, die Verbindung zu ihren alten Freundinnen nicht abreißen zu lassen. Ich fragte sie aus und hörte mir die ganzen langweiligen Geschichten an. Sie war gerührt darüber, dass ich, wie sie, unsere Heimatstadt vermisste. In all den Jahren aber hoffte ich darauf, auch ohne danach fragen zu müssen, etwas über Lonni zu erfahren. Aber ich hörte nichts.

Ich fing an zu studieren und kam nur noch selten zu meinen Eltern nach Hause. Ich dachte nicht mehr an Lonni.

Meine Großmutter starb im Februar, und meine Mutter und ich reisten zu ihrer Beerdigung. Der Zug fuhr durch die Februarlandschaft, die ohne Farben und ohne Bewegung unter dem ausgelaugten Himmel lag. Frostglasierte Felder, leblose Bäume, Rauch, der aus Kaminen aufstieg. »The very dead of winter« hatte T. S. Eliot diese Jahreszeit genannt.

Meine Großmutter war nie richtig krank gewesen, und nun war ich ihr böse, weil sie nicht bis nach meinem Geburtstag gewartet hatte. Im Speisewagen weinte ich über unseren dampfenden Teetassen und schlug nach meiner Mutter, die sagte, ich hätte sie ja öfter besuchen können, sie habe sich das so gewünscht.

Es regnete auf dem Friedhof und regnete danach, als wir mit unseren Regenschirmen nach dem Lokal suchten, in dem die Familie und Freunde der Großmutter sich zum Leichenschmaus treffen sollten. Ich hatte keine Lust auf dieses Treffen und blieb immer weiter zurück. Die Trauergäste schoben sich langsam voran. Eine schwarze Traube aus Menschen und Schirmen. Ich wollte nicht zu ihnen gehören.

In dieser Gegend der Stadt kannte ich mich nicht aus. Die Altstadt war renoviert worden, und die neu gestrichenen Häuser drängten sich schmalbrüstig zu engen Gässchen zusammen. Es gab nur wenige Läden, und ich blieb vor jedem einzelnen stehen. Ich sah Knöpfe auf Papptafeln aufgereiht, Nähgarne nach Regenbogenfarben geordnet. Ich sah Blumentöpfe und Sparschweine.

Im Schaufenster eines Fotografen betrachtete ich die Hochzeitsbilder. Rahmen aus fetten Majolikablüten standen auf einem weißen gebauschten Schleier. Amor-figürchen hielten ein rosa Herz hoch, auf dem »Be my Valentine!« stand.

Ich erkannte Lonni sofort. Sie war dicker geworden und schöner, ihr Haar bräutlich aufgesteckt, lächelte sie hinauf zu einem ernsten blonden Mann mit eng stehen-den Augen und Brille. Meine Lonni, in einem Taftkleid mit Puffärmelchen und einem Strauß weißer Rosen? Da war eine Andeutung von Sommersprossen, die ihren Ausschnitt sprenkelten. Und da war es, das rote Komma auf ihrer Backe. Es leuchtete durch die Schminke hin-durch.

Der Mann gefiel mir nicht. Aber ihr gefiel er, das konnte man sehen.

Mir haben immer die untersetzten Dunkelhaarigen gefallen, die mit den großen Nasenflügeln und den dunklen Sternaugen, die beim Lachen verschwinden. Als ich weiterging, hatte sich die schwarze Prozession schon entfernt, und ich überlegte, ob das Zelt wohl wie immer am Wolfszahn stand und ob ich bei dem Regen ein Taxi finden würde.

ALTA MODA

In der Nacht war Schnee gefallen, und wie immer, wenn Enno an dem Laden vorbeikam, blieb er vor dem schmalen Schaufenster stehen und sah sie sitzen, den Kopf über irgendeine Näharbeit gebeugt. Enno sah keine Kunden im Laden, da waren die Ständer, auf denen die Kleider hingen wie schlaffe Blüten, da waren die Hüte auf dem Tischchen, aufgerichtet wie Pilze, und natürlich stand im Fenster die kopf- und armlose Braut in ihrem glänzenden, mit winzigen Perlen bestickten Kleid. Ein kostbares Kleid, das konnte Enno sehen. Und er glaubte zu wissen, wie es der Frau zumute war, die dort im gelben Licht des schmalen Raumes saß und auf Leute wartete, die hereinkamen, in ihre Kleider schlüpften und sie kauften.

Im Frühling hatte sie den Laden eröffnet, und nun war es tiefer Winter und Schnee lag auf der Girlande über der Tür. Der Laden hatte lange Zeit leer gestanden nach Frau Bertas Tod: Zeitungen und Papier. Er lag zwischen der Fahrradwerkstatt und dem chinesischen Imbiss. »Alta Moda« stand in geschwungenen Goldbuchstaben an die Tür geschrieben und darunter klein »Raissa«. Sonst nichts.

Enno war die Gegend sehr vertraut: Supermarkt, Autowaschanlage, Getränkemarkt. Er bewohnte das winzige Apartment seiner Mutter. Sie hatte ihr Leben lang in dieser Gegend gewohnt. Nun war sie im Altenheim. Wenn er sie besuchte, sprach sie nicht mehr mit ihm. Als er sie vor ein paar Tagen gefragt hatte, ob er Weihnachten zu ihr kommen sollte, hatte sie ihm die Zunge herausgestreckt. Als sie dann die erstaunlich breite blasse Zunge offenbar nicht mehr in den Mund zurückziehen konnte, war Schwester Inge gekommen und hatte ihn sanft aus dem Zimmer gedrängt. Drinnen hatte er seine Mutter schluchzen hören.

Früher hatte Enno in einer Spedition gearbeitet, nun lebte er von allem Möglichen, fuhr Pizza aus, sprang ein, wenn Bierfahrer ausfielen, und machte Büroarbeiten für den Getränkemarkt und für Olim von der Fahrradwerkstatt. Es gab immer Arbeit für ihn.

Der frisch gefallene Schnee stand dem Laden gut. Enno schaute durch die Scheibe und sah sie drinnen sitzen. Raissa. Er sah die lange, schön geschwungene Linie ihres Nackens und wie sie sich in den federdünnen Strähnchen verlor, die aus ihrem Haarknoten hingen. Er sah, wie sie die Unterlippe zwischen den Zähnen hielt und sich das runde Kinn spannte. Sie tat, als bemerkte sie ihn nicht. Er wusste es besser. Schweißperlen standen auf ihrer Oberlippe, sie glitzerten im Licht des Lämpchens, und ihre Wangen hatten sich gerötet. Seit dem Sommer war Enno in Raissa verliebt.

Es war ein besonders heißer August gewesen. Enno hatte auf einer Kiste vor dem Fahrradladen gesessen und darauf gewartet, dass seine Bremsen repariert wurden. Raissa war herausgekommen und hatte die weißen Margeriten gegossen, die in Kästen vor ihrem Laden blühten. Er hatte ihr schläfrig zugesehen.

Raissa trug ein weißes Kleid. Sie sah ganz kühl aus. Sie goss die Blumen mit lang gestrecktem Hals, ohne ihn zu beachten, und dann ließ sie die Kanne fallen. Es gab einen hellen blechernen Ton. Sie kniete nieder, vor den Blumenkästen, breitete die Arme aus und fiel mit dem Gesicht in die weißen Blüten. Das sah sehr anmutig aus. Es vergingen ein paar Augenblicke, ehe Enno begriff. Mit ein paar Sätzen war er bei ihr, nahm sie bei den Schultern, hob ihr Gesicht, an dem Blätter klebten, drehte sie auf den Rücken und sah, dass sie sehr blass war und schwitzte. »Hallo«, rief er, »he da«, und er gab ihr ein paar kleine klatschende Ohrfeigen. Als sie weiter schlaff die Arme hängen ließ, trug er sie in den Laden und legte sie auf ein kleines blaues Sofa, das dort stand. Enno war ein großer, kräftiger Bursche, und sie wog nicht viel. Er knöpfte ihr Kleid auf. Er fächelte ihr mit einem gefalteten Schnittmuster Luft zu. Von Nahem betrachtet, war sie nicht mehr so jung, wie er geglaubt hatte, sie musste sein Alter haben, die Fältchen auf ihrer Stirn und um ihre Augen waren deutlich zu sehen. Sie war seinem Blick ausgeliefert, atmete wimmernd mit offenem Mund, ihren Kopf an seiner Brust. Eine große Zärtlichkeit überkam ihn, ein Gefühl, das er fast vergessen hatte. Er legte sein Gesicht an ihr Gesicht und flüsterte: »Alles wird gut, ganz ruhig, ich bin ja da.« Aber da war sie zu sich gekommen, schubste ihn weg und fing an zu schreien.

Er konnte sie nicht beruhigen. Schließlich war er aus dem Laden geflohen, und noch auf der Straße hatte er sie schreien hören. Natürlich hatte niemand sonst sie gehört und war ihr zu Hilfe gekommen. Das war im August gewesen.

»Die, die glaubt, sie wär was Besonderes. Wer weiß, wo die herkommt«, sagte Olim vom Fahrradladen. »Dabei höre ich vom Hausbesitzer immer, er müsse die mit der Miete mahnen, und einmal, da war ich im Laden, weil mein Telefon nicht ging, und da hat sie gerade Mittag gegessen, Milch mit eingebrocktem Schwarzbrot. Wer isst denn so was? Die verkauft doch ihre Klamotten nicht ums Verrecken. Ein Brautkleid! Hier!«

»Ist allein«, sagte Wang vom chinesischen Imbiss. »Ist mager. Riecht nach kein Glück. Isst nie hier. Nicht mal Suppe.«

Enno konnte nicht erklären, was ihn zu Raissa hinzog, vielleicht, dass auch er allein war und für Wang sicher ebenfalls nach »kein Glück« roch. Aber wenn er auf dem knackenden Sofa seiner Mutter lag und vor sich hin döste, wusste er, dass es ganz andere Sachen waren, die ihn sehnsüchtig machten. Er sah Raissas sanfte Augen zwischen diesen breiten, etwas geröteten Lidern, den großen blassen Mund mit der schön geschwungenen Unterlippe. Er sah die perlweiße Haut ihrer Brust, als er ihr Kleid aufgeknöpft hatte.

Enno stand da im frischen Schnee vor dem Schaufenster und fühlte seine Füße kalt werden. Er hatte nicht den Mut einzutreten. Ein Blick von ihr hätte genügt, um ihm Mut zu machen, aber sie hob nicht einmal den Kopf.

»Lassen Sie mich in Ruhe«, hatte sie gesagt. »Was wollen Sie von mir?« Regen lief über die Scheiben an diesem Nachmittag, und er war nass bis auf die Knochen. Er hatte sich erkundigen wollen, ob es ihr besser ging, nachdem sie so einfach umgekippt war. »Warum sind Sie eigentlich so unhöflich zu mir?«, hatte er gefragt, und sie hatte mit leiser gereizter Stimme geantwortet: »Ich habe Sie schon verstanden. Ich habe keine Zeit für Männergeschichten.« Dabei hatte sie ihm einen Blick zugeworfen, der ihn traf wie ein kalter Luftzug.

Im September hatte Enno die Briefmarken seines verstorbenen Vaters günstig verkauft und ein gutes Geschäft gemacht. Er war in den Laden gegangen und hatte sich von Raissa eine Jacke nähen lassen. Aus dem schokoladenbraunen Samt, den er auf dem Flohmarkt gefunden hatte. Raissa hatte so getan, als erkennte sie ihn nicht, war aber immer auf vorsichtigem Abstand zu ihm geblieben, mit strengem Gesicht, die Stecknadeln zwischen den Lippen wie zum Schutz. Gesprochen hatten sie kaum.

»Ich möchte Sie auf ein Glas Wein einladen.«

»Sehr nett, aber nein.«

»Warum nein?«

»Darum nein.«

Enno sah sich im Spiegel stehen, die Arme abgespreizt wie ein Pinguin. Es gefiel ihm, was er sah. Ein großer Kerl mit vielen schwarzgrauen Haaren, mehr schwarz als grau. Ein Mann mit einer schönen großen Nase unter zusammengewachsenen Brauen. Wie kam es nur, dass dieser große gut aussehende Kerl so schüchtern war.

Im November hatte er einen Chrysanthemenstrauß gekauft, hatte die Tür aufgerissen und war vor ihr niedergekniet, auf einem Knie, das hatte er zu Hause geübt.

Sie wurde sofort dunkelrot im Gesicht, aber die Art, wie sie ihm dabei in die Augen schaute, ohne sich ihrer Verlegenheit zu schämen, machte ihn überschwänglich vor Hoffnung.

»Ich bin der Enno«, stammelte er. »Ich möchte nichts weiter, als ein bisschen bei Ihnen sein, und wenn es nur hier auf dem Boden vor Ihnen ist. Wo immer Sie wollen.«

Sie senkte den Kopf, vielleicht wollte sie weinen, ihre Unterlippe zitterte ein bisschen.

»Herr Enno, es ist so«, sagte sie, und erst jetzt bemerkte er, dass ihr Deutsch hart klang und fremd. »Also, es ist wegen diesem Kleid. Es ist das verdammte Kleid.« Sie wies mit dem Kinn zum Schaufenster. »Ich muß es loswerden, sonst habe ich kein Glück in der Liebe.« Sie sprach das Wort »Liebe« so kurz aus, als wollte sie es nicht lange im Mund behalten. Sie sah ihn an, nahm ihm die Blumen aus der Hand und sagte streng: »Stehen Sie auf!«

»Ich verstehe Sie nicht. Dieses Kleid, dieses schöne Kleid, soll Unglück bringen? Sie wollen es verkaufen? Ist es das?«, rief Enno. Sein Knie tat ihm weh. Er stand auf.

»Wissen Sie, das ist mein Brautkleid. Ich habe es genäht. Für mich. Ich habe es nie getragen, und jetzt muss es eine andere Braut tragen, sonst geht alles schief. Verstehen Sie?«

Enno verstand nicht. »Wer erzählt denn so einen Unsinn?«, rief er. Er sah ihr an, dass sie kein Verständnis erwartet hatte von ihm.

Sie war aufgestanden, hatte die Blumen vom Tisch genommen, sie ihm hingehalten. »Kommen Sie nicht wieder«, sagte sie leise, und er war sicher, dass sie gleich weinen würde, aber das tat sie nicht.

Den ganzen Dezember über hatte es geschneit, und Enno hatte an nichts anderes gedacht als daran, dass er Raissa retten musste. Wie, das wusste er nicht, nur dass er sich beeilen musste, denn er hatte von Olim, dem Fahrradhändler, gehört, dass sie drei Monate mit der Miete in Rückstand war. Enno sehnte sich danach, sie wenigstens zu trösten. Er stellte sich vor, wie er für sie kochen würde am Heiligabend.

Das weiße Kleid leuchtete im Fenster wie auf einer kleinen Bühne. Enno setzte sich auf die Kühlerhaube eines geparkten Autos und zündete sich eine Zigarette an. Plötzlich wusste er, was er tun konnte. Er musste laut lachen über seine Begriffsstutzigkeit. Ich werde sie heiraten, dachte er, in diesem Kleid! Es war der Tag vor Weihnachten.

Der Schnee fiel in dichten Schleiern. Ein großer Wagen rutschte lautlos über die tief verschneite Straße heran und hielt mitten auf der Fahrbahn an, als gälten an diesem Tag keine Regeln, als wäre alles möglich. Leute stiegen aus, junge Leute, und sie lachten und riefen durcheinander, schubsten sich gegen die geparkten Autos und bewarfen sich mit Schnee.

Dummes Pack, dachte Enno, und dann sah er, dass sie

sich alle in den Laden drängten. Ein junger Mann kam kurz darauf wieder heraus und bat ihn um Feuer.

»Lassen Sie den Wagen da stehen?«, fragte Enno plötzlich ernüchtert.

»Wir haben's wahnsinnig eilig«, sagte der junge Mann und lachte übermütig. »Eine Hochzeit!« Nach ein paar Zügen trat er die Zigarette aus und schob sich wieder in den Laden.

Enno versuchte von außen etwas zu erkennen. Zwei Arme, Raissas Arme, legten sich der kopflosen weißen Dame um die Taille. Sie verschwand. Das Fenster stand leer. Enno konnte geradewegs in den Laden schauen, und er sah eine halb nackte Frauengestalt, die gerade die Arme über den Kopf streckte, um in das Kleid zu schlüpfen. Raissa sah er nicht, dafür junge Männer, die sich Frauenkleider vor die Brust hielten und gegenseitig Hüte aufsetzten. Es war ein Gedränge in dem kleinen Laden, dass Enno schwer atmen musste. Er wusste nicht, warum.

Fette Flocken fielen und fielen, wie eine weiße Wand, die Enno vom Laden trennte. Er blieb an das Auto gelehnt, ohne sich zu rühren. Er war jetzt ganz ruhig und dachte, so könnte er noch lange dastehen und warten.

Der Schnee fiel auf ihn, und als er anfing, die Kälte zu spüren, aufstampfte und die Hände aneinanderrieb, drängten auf einmal alle die jungen Leute aus der Ladentür. Sie rutschten und purzelten an ihm vorbei. Sie trugen Tüten und Hutschachteln, schubsten sich, fielen in den Schnee, halfen sich wieder hoch und lachten. Das große Auto verschluckte sie wie einen Spuk und fuhr dann geräuschlos davon.

»Was war denn das?« Enno stand in der Tür.

»Engel, Engel waren das«, Raissa breitete die Arme aus. »Alles, alles verkauft!« Wie schön sie war, wenn sie lächelte. »Kommen Sie herein, Sie Schneemann. Es wird kalt.« Sie streckte die Hand nach ihm aus, Enno trat ein, schloss die Ladentür hinter sich und schüttelte lächelnd den Schnee aus seinen Haaren.

CÔTE D'AZUR

Furchtsame Frauen haben mir immer schon gefallen. Die Art, wie sie den Kopf zwischen die Schultern ziehen. Die Art, wie sie nicht wissen, wohin mit ihren Armen. Die Art, wie sie riechen, wenn sie an einem vorbeigehen, nach angebrannter Milch.

Meine Mutter hatte eine Schneiderin, und ich habe sie geliebt. Eine kleine wuselige Person mit grauen großen Augen, die immer vorwurfsvoll aussahen und in denen immer ein Rest von Traurigkeit lag. Sie setzte mich auf den Tisch und zog mir etwas über den Kopf. Sie redete nicht mit mir und sah mich nicht an. Sie zog das Hemd an mir zurecht, als zöge sie eine Husse über einen Sessel. Sie fuhr mir mit ihren kalten Fingern in den Kragen und steckte Nadeln hierhin und dorthin. Ihr Hals war lang und so weiß wie Kerzenwachs, ein paar dunkle Haare klebten an ihm, und zwei feine Linien, in sich verschlungen wie die Abdrücke winziger Ketten, liefen um ihn herum und über ihre Kehle. Ich sah das alles, und es verstörte mich. Ich öffnete den Mund weit und schrie, so laut ich konnte. Ich war noch klein, hatte aber eine durchdringende Stimme. Sie wich zurück, taumelte und schlug dumpf gegen die Wand. Dann sah sie mir ins Gesicht, und ich erkannte, dass sie Angst hatte – vor mir. Ich spürte ein seltsames Gewicht in meinem Bauch, warm und schwer. Ich hörte auf zu schreien. Meine Mutter kam herein und nahm mich auf den Arm. »Lass Celia in Ruhe«, sagte sie draußen. »Ich verbiete dir, sie zu erschrecken oder zu quälen. Haben wir uns verstanden?« Wir hatten uns verstanden. Aber ich konnte den Blick in Celias Augen nicht vergessen. Ihre Augen öffneten sich in ihr Inneres, wenn auch nur für Sekunden. Ich hatte es gesehen.

Im Hotelspiegel mein Körper, bis zum Gürtel nackt und schimmernd, aus einem hellen, kostbaren Material. Wie verletzlich sie sind, unsere Körper. Zwei Brustwarzen: Messingmünzen, klein und flach. Kein Haar. Es ist der Körper meines Vaters, und mir ekelt davor, seinen Körper zu tragen wie ein Hemd, das er mir vererbt hat. Ihm hat die Zeit ein abgeschabtes fleckiges Hemd angezogen. Ausgeleiert, schäbig vom langen Tragen. Gealtert. Am Ende war dieses Hemd wächsern und bläulich, eine Hülle über der Verwesung, sonst nichts. Ich habe ein Tuch über ihn gedeckt. Ich hatte ihn nackt auf dem Küchenfußboden gefunden. Die Arme ausgestreckt, die Beine fest geschlossen, als wollte er den großen Sprung wagen, den Sprung in eine andere Dimension, den ich nie begreifen werde. Ich altere nicht, schon lange nicht mehr.

Ich stehe vor dem Spiegel. Ein wunderbar geschnitzter Spiegel. Fruchtgirlanden, von denen die Farbe abblättert. Ich betrachte mich gerne in diesem Spiegel. Hinter mir der vertraute Raum mit seinen Brauntönen und seinen tiefen Schatten. Draußen vor dem Fenster lärmen Vögel. Es ist Morgen, und alle stehen auf und stürzen sich in den Tag. Ich werde schlafen gehen. Meine Nacht ist zu Ende.

Nachts bewegen sich die Palmen an der Promenade gelassen im Wind. Fledermäuse schießen über die Terrasse, und die Wellen am Strand sind deutlich zu hören. Der Himmel, noch immer verwundet und aufgerissen vom Sonnenuntergang, fängt an, sich zu schließen.

Ich gehe die Treppe hinunter, vorbei am hell erleuchteten Speisesaal und weiter hinab zum Meer. Der Sand ist noch warm, und ich lehne mich an eine Palme und höre zu, wie drüben am Kiosk die Mädchen lachen und reden. Ich sehe ihre hellen Kleider durch die Bambusstangen blitzen. Ein balsamischer Abend.

Später in der Bar empfängt mich die Musik wie ein alter Freund. Der Barmann lächelt mir zu. Ich sehe mich an im Spiegel, hinter den Flaschen. Es ist eine Intimität und eine Obszönität, sich selbst ins Gesicht zu schauen. Es gibt Augenblicke, ja Tage, in denen mir kein Spiegel mein Bild zurückwirft, ich weiß das. Aber heute Abend sehe ich mich hier stehen. Zwischen den Menschen, und ich sehe aus wie sie. Vielleicht etwas blasser, vielleicht etwas trauriger, vielleicht etwas schöner. Das haben Frauen zu mir gesagt und meinen Mund geküsst und meine Augen. Ich habe die Haare meiner Mutter, schwarz, lockig und dicht wie das Fell eines Pudels.

Die Frau ist ganz in Weiß. Sie schlängelt sich zwischen Mann und Tochter hindurch, und im Kerzenlicht glänzt sie und funkelt. Ich stehe an der Wand, mein Glas in der Hand, und gebe mich ganz der Musik hin. Lange kann ich es nicht ertragen, unter Menschen zu sein. Sie zu riechen, sie zu hören, ihnen zuzusehen. Ich ertrage es nur, wenn ich trinke und wenn ich mich mit der Musik verbünde. Die Frau hat einen kleinen Kopf mit blonden kurzen Haaren, einen Puppenkopf mit Schlafaugen, die sie halb geschlossen hält. Sie schaut zu mir herüber. Ich trinke aus meinem Glas und lächle in die blaue Luft, in der kunstvolle Lichtknäuel sich zusammenziehen und wieder auflösen, als wären es langsam schlagende Herzen. Ich sehe den Mann neben ihr, der sich Luft zufächelt. Einen von diesen Anzugmännern, die im Flugzeug als Erstes ihren Computer aufbauen und nach der Landung sofort das Handy einschalten und losreden. Er kümmert sich nicht um seine Puppe und ihre klappernden Augen. Auch ich bin ein Anzugmann. Armani, tiefes Blau und so leicht wie die Rüstung, die mir die Zwerge geschmiedet haben, zart und schillernd. Der Köcher einer Libellenlarve. Ich habe sie verloren.

Die Frau in Weiß steht auf und kommt auf mich zu. Sie geht an mir vorbei, ganz nahe, das Schößchen ihrer Jacke streicht über meine Hand, in der ich das Glas halte. Sie lässt ihr Hinterteil sprechen, es bewegt sich sehr anmutig, als winke sie mir damit zu. »Follow me.« Aber ich bleibe an die Wand gelehnt stehen. Der Blick ist frei auf die Tochter. Ich lasse sie über mich kommen wie eine Gänsehaut. Das Mädchen hat sich auf dem Sofa ausgebreitet: ein harmloses kleines Tier. Ein Tier ist nicht schamlos, ein Tier ist nicht berechnend. Ich sehe ihre Kinderhaut, die runden Schultern, die glänzen wie Perlmutt. Ich sehe ihre langen schmalen Füße, die sie von sich streckt wie Hasenläufe. An einem hängt eine teure geflochtene Sandale. Sie trägt ein Blumenkleid, aus dem sie herausgewachsen ist, und ihre Haare sind offen. Sie lehnt den Kopf zurück und bläst eine Kaugummiblase. Die Biegung ihres Halses trifft mich wie ein Schlag. Nie werde ich mich an diesen Schmerz gewöhnen. Er ist der Preis, den ich zahle.

Ich stehe auf dem Tisch, und Celia steckt Nadeln in den Stoff am Hosenbund um meinen Bauch. Ich strecke meine Hände aus und lege sie auf ihre Brüste. Sie sind so klein, dass man sie fast übersieht. Celia schaut mir in die Augen, und ich fühle, wie ihre Brustwarzen sich an meine Handflächen drücken, als wäre ihr kalt. Ihr ist nicht kalt, ich sehe Schweiß auf ihrer Oberlippe, und ich beuge mich zu ihr und lecke ihn ab.

Die weiße Frau sitzt wieder am Tisch und spricht mit dem Mann. Sie lächelt mir zu, und ich lächle zurück. Das Mädchen beobachtet die Mutter und hebt ihr Kinn, um mich zu betrachten. Ihre Augen sind ruhig. Sie weiß noch nicht, was Angst ist.

Die beiden Erwachsenen stehen auf und suchen ihre Sachen zusammen. Die weiße Frau geht an mir vorbei und wirft einen von diesen runden Untersetzern nach meinem Glas. Der Mann wartet gelangweilt. Er gähnt. Das Mädchen liegt ausgebreitet da und spielt mit ihren Haaren. Das Mädchen schaut mich an. Sie bleibt noch eine Weile liegen und steht erst auf, als die Frau in Weiß zurückkommt und sie hochzerrt. Die Frau wirft mir einen Blick zu, der sagt, dass ich ihr gefalle. Ich gefalle den Frauen. Ich gefalle ihnen schon so lange.

Das Hotel hat sich nicht sehr verändert, und ich komme schon sehr lange hierher. Natürlich gibt es ab und zu neue Besitzer und natürlich haben sie das Zimmer, das ich mag, immer wieder neu eingerichtet. Das macht nichts. Das Bett ist wunderbar und die Rollos schließen gut. Die Kleine mit der gestreiften Schürzenschleife über dem dicken Hinterteil hat bald begriffen, dass ich erst in der Dämmerung das Zimmer verlasse und sie erst dann hineindarf mit ihrem scheppernden Wägelchen voller Putzmittel, die frischen Handtücher überm Arm. Sie glaubt, ich sei Schriftsteller und arbeite nachts. Sie findet das interessant und schielt ein bisschen vor Verlegenheit, wenn sie mich anschaut und ihre winzigen Zähnchen zeigt. Hübsche Zähnchen.

Draußen stehen die Palmen an der Promenade wie

immer und der Wind macht sich an ihnen zu schaffen, wie immer am Abend. Es ist der Wind zum Sonnenuntergang, mein Lieblingswind. Das Meer, in das die rote Sonnenscheibe taucht, sieht heute aus wie das Bild auf den Schachteln, in denen sie Datteln verkaufen. Nein, nicht mehr, ich habe sie neulich im Museum gesehen. Ich bin einer französischen Schulklasse gefolgt. Ein Nachmittag süßester Pein. Ich folgte ihren Stimmen und ihrer zäh dahinschlendernden Langeweile, zitternd wie ein Jagdhund einem Schwarm Schneehühner. Abends konnte ich nicht mehr. Ich fand eine schüchterne englische Touristin. Wir machten eine Bootsfahrt. Sie sagte, ich habe die Augen eines Fauns. Sie roch nach einem altmodischen Parfum, das mich an meine Mutter erinnerte.

Die Sonne macht mir nichts aus, dafür habe ich zu viel von meinem Vater geerbt, aber ich liebe den Tag nicht und nicht das Licht.

Meine Mutter sitzt vor ihrem Schminktisch und rasiert sich unter der Achsel. Das Licht der Lampen neben dem Spiegel formt einen hellen, warmen Raum, wie eine kleine Bühne. Ich bin im Zuschauerraum, im Dunkeln. Sie trägt einen Unterrock, der die Farbe von Bernstein hat und dessen dünne Trägerchen von ihren Schultern rutschen, wenn sie sich bewegt. Sie neigt sich zum Spiegel, das Licht der Lampe verfängt sich in den kupfernen Locken, die um ihren Kopf stehen wie leuchtende feine Drähte. Ihre Lippen sind bleich. Mit Hingabe schminkt sie ihren großen Mund. Ich liege in ihrem Bett und bin kurz davor einzuschlafen. Das Licht zieht sich um sie herum zusammen und flackert, das Bett unter mir bewegt sich, die Möbel rücken von mir ab. Es ist Mitternacht. Sie macht sich fertig. Ich bin nicht wie andere Kinder.

»Setzen Sie sich zu uns«, sagt der Mann. Er trägt heute einen weißen Leinenanzug und einen frischen Sonnenbrand auf dem Nasenrücken. Ich habe gestern Abend in der Bar mit ihm getrunken und mir angehört, wie schwierig es ist, Autos zu verkaufen und Angestellte zu entlassen. Männer sind so arglos. Sie fürchten sich nie vor mir. Mit Recht. Ich mag sie nur, wenn sie ganz jung sind, biegsam, wie frisch aus der Form, noch ohne Bart und ohne ein einziges Haar auf der Brust.

Ich lasse mich an den Tisch führen, an dem die Frau in Weiß – und sie ist wieder in Weiß – mir entgegenschaut, als beobachtete sie einen seltenen Vogel, von dem sie noch nicht weiß, ob er sich auf ihrem Futterhaus niederlassen wird.

»Was macht das Schreiben?«, sagt sie. Eine Unverschämtheit, aber ich lächle.

»Nun lass ihn, Ada«, sagt er.

Ich sehe, dass für mich gedeckt ist. Ich sehe, dass es geplant war, mich an den Tisch zu locken. Sie langweilen sich.

»Wir haben heute die lange Route durch die Abtei und die Weingüter gemacht«, sagt er.

»Ich war am Nachmittag sogar ein wenig betrunken, nicht wahr, Liebling?«

Sie legt ihm die Hand auf den Arm, aber sie meint mich.

»Sie machen hier diesen zauberhaften Rosé, der uns besonders schmeckt. Wir haben wieder bestellt. Hoffentlich bekommt ihm die Reise«, sagt er.

Sie gießt mir Wein ins Glas. Roten. Ihre Hand zittert.

»Ich habe den ganzen Tag geschlafen«, sage ich und strecke mich.

Sie betrachten mich beide voller Nachsicht und Neid.

»Ach, schlafen können wie früher«, sagt er. »Man wird alt.«

»Ich schlafe gottlob wie ein Säugling«, sagt sie gereizt.

Da kommt sie endlich: eine Gliederpuppe, von einem ungeschickten Marionettenführer bewegt. Lose Haare, schlenkernde Arme, ab und zu ein kleiner Sprung. Sie sucht den Tisch, schnellt mit dem Kopf nach vorn und mustert ein fremdes Paar, wirbelt herum, macht drei Sprünge und fällt auf ihren Stuhl, mir gegenüber. Sie wirft die Haare zurück und schaut mich an. Sie lacht. Sie ist erfreut, mich zu sehen.

»Setz dich richtig hin«, sagt ihre Mutter.

Wir essen. Ich lasse keinen Blick von ihr. Ich habe ja meine Sonnenbrille. Nachlässig, wie ein kleines Tier, beugt sie sich über ihre Beute, spielt damit, hebt die Erdbeeren hoch und wirft sie in ihren Mund. Zucker glitzert auf ihrer Oberlippe. Sie hat keinen Blick für mich.

»Waren Sie denn nun am Strand oder auch in den Weingütern?«, frage ich sie. Und ich fühle die Hand ihrer Mutter auf meinem Schenkel.

»Strand!«, sagt das Mädchen mit vollem Mund.

Diese makellose Haut ohne Poren, die sich über die Wangenknochen spannt. Um den Hals trägt sie ein winziges goldenes Kreuz an einem spinnfadendünnen Kettchen. Das hässliche Ding würzt diese Kehle, macht sie unerträglich verlockend.

Es gibt Vollmond heute Nacht und Grillen. Ich sitze da und sehe zu, wie die große weiße Mondschuppe auf dem bewegten Körper des Wassers Halt sucht. Ein Seufzen und Atmen ist um mich. Die Geräusche des Pools in der Nacht.

Zuerst die beiden Fledermäuse, dicht überm Wasser, wo die Mücken flirren, eigentlich ein gutes Zeichen, aber dann der Frauenkopf mit der weißen Bademütze im Wasser dicht vor mir und das Lachen. Ich will schon gehen, aber sie ist so schnell aus dem Wasser wie ein großer Fisch, der an Land schnalzt. Es ist die Frau in Weiß – auch ihr Badeanzug ist weiß.

Ich habe dagesessen im Mondlicht und habe das Mädchen über mich kommen lassen. Ich habe sie gesehen, wie sie fast durchsichtig im Lichtkegel meines Verlangens durch den tauschweren Garten auf mich zukam, langsam und ohne mich anzusehen. Später liegt der weiße Badeanzug und die Haube auf dem Boden und die Frau in meinem Bett. Ihr brauner sehniger Körper, noch feucht vom Wasser, riecht nach Chlor und klebt an mir. Es hindert mich daran, um sie her zu gleiten und meinen mit ihrem Körper zu verflechten. Schlangen-körper. Reptilienliebe. Ihre Kehle, dicht vor meinen Lippen, dargeboten und bebend von ihren Schreien, gefällt mir sehr. Aber ich lasse es nicht zu. Ich halte die Sehnsucht in meiner Brust gefangen, eine geballte Faust. Und sie schreit nicht aus Schmerz, sondern vielleicht aus Lust. Vielleicht aber, um mir zu zeigen, wie schön sie es findet, verschüttet zu werden von einem Erdrutsch, von einer tosenden Schlammlawine, die alles zu Tal reißt.

Danach, als sie fort ist, strecke ich mich aus in den Mondflecken auf der Terrasse, und mit geschlossenen Augen lasse ich das Bild des Mädchens über mich spülen wie laues Wasser. Was hält mich zurück?

Es ist mein ewiger Wunsch, sie nicht zu zerstören, das nicht zu zerstören, was sie ist, was sie jetzt gerade ist, was mich so heimwehkrank macht, dass ich glaube, Tränen in den Augen zu spüren. Tränen! Wie viele Jahrzehnte habe ich nicht mehr geweint? Aber immer wieder und unvermutet packt es mich plötzlich mit diesem brutalen Durst, und es sind ganz junge Mädchen, die mir das antun.

Vom Balkon aus sehe ich sie sitzen, auf den rot gefleckten Marmorstufen hinunter zum Garten. Die Nachmittagssonne ist grausam hell. Der Strand voller Menschen flimmert und schickt Wolken von Stimmen und Gerüchen herauf. Meine Augen sind trocken und brennen.

Ich lasse mich neben sie auf die warme Steinstufe fallen, auf die unterste Stufe der Treppe, die, die noch im Schatten liegt. Ihre nackten Füße sind dicht vor meinen Augen. Die Zehen lang wie Finger, die Nägel wie Muscheln.

»Gute Brille«, sagt sie, streckt eine blasse biegsame Zunge heraus und fährt sich durch die Haare. »Hier gekauft?«

»Ja.«

»Wo?«

»Weiß nicht. Kaufhaus?«

»Nie. Das ist eine …« Sie fasst nach der Brille und will sie mir abnehmen. Ich fange ihre Hand und drücke sie an meinen Mund. Das geht schneller, als ich denken kann. Sie zieht die Hand weg.

»Sie machen's doch mit Mami«, sagt sie, »oder?« Und sie mustert mich kalt.

»Das ist eine Gucci«, sage ich.

»Mami ist jedenfalls scharf auf Sie«, sagt sie und fasst wieder nach der Brille. Ich fange die Hand und beiße in ihre Finger.

»Mami ist immer scharf auf die Männer, die mich anmachen.«

»Habe ich Sie angemacht?«

»Ich hab doch Ihre Stielaugen gesehen in der Bar. Wann war das? Vor ein paar Tagen. Die haben da den ganzen Abend Red Hot Chili Peppers gespielt. Das war toll. Sie standen an die Wand geklatscht. Mami ist immer an Ihnen vorbeigewedelt und hat sich gerieben an Ihnen. Na, dämmert's?«

Die ganze Zeit über halte ich ihre warmen Finger zwischen den Zähnen. Es kostet mich Überwindung, nicht fest zuzubeißen. Ich fahre mit der Zunge in die kleinen Buchten zwischen diesen Fingern. Sie lässt es sich gefallen. Als sie aufhört zu sprechen und mich mit aufgerissenen Augen und herausgestreckter Zunge anschaut wie ein Clown, der auf Applaus wartet, beiß ich zu, und sie reißt nur die Hand weg und schlägt mich auf den Kopf. Nicht fest. Der Tatzenhieb einer jungen Raubkatze, und wirklich, sie hat spitze Eckzähne, wie eine Katze. Mein Herz fühlt sich an, als wäre es prall und heiß. Ich bin mit einem Mal sehr hungrig. Ich habe viele Tage nichts bekommen. Ich wollte das so. Ich wollte es hinauszögern. Ich wollte diesen Punkt erreichen. Jetzt ist er da. Meine Eckzähne jucken, mein Herz rast. Mein Magen zieht sich zusammen. Nein, ich will noch nicht meine Gier stillen, meiner Sehnsucht nachgeben. Ich will dieses Gefühl genießen, dieses ekstatische Gefühl des heftigen, exquisitesten Verlangens.

Die Kleine ist blass geworden und aufgestanden, als könnte sie die Hitze fühlen, die von mir ausgeht. Sie steht und ich schaue zu ihr hinauf. Ihr Köpfchen zwischen den Palmen, die der Wind beutelt und zerrauft, und ich, als hätte man mir plötzlich die Augen geöffnet, sehe mich umdrängt von Bildern, die auf mich einstürzen. Bilder aus den blutigen Verliesen meiner Erinnerung, rauschhafte Bilder mit Duft und Farbe, mit Gesichtern und heftigen Atembößen, mit Stöhnen und Röcheln, mit dem süßen Geschmack in der Kehle, Haaren, die sich um meine Hand winden, Haut, die in feinen Bändern unter meinen Nägeln zerreißt. Da ist feuchtes Erdreich und zerquetschte Pflanzen, und ich fühle Salz auf meiner Zunge und Tränen in meinen Augen.

Meine Hand zittert, als ich ihren Knöchel umfasse. Sie schüttelt sie ab und geht.

Ich glaube, sie ruft mir noch etwas zu. Ich glaube, sie ruft etwas wie: »Mein Papa ist er nicht und er ist blöde. Aber so blöde ist er auch nicht.«

Ich stehe vor Celia auf dem niedrigen Tisch, und sie zieht mit kleinen sachten Rucken die Hose von meinen Hüften. Vorsichtig, damit die vielen Nadeln mich nicht kratzen. Tränen laufen über mein Gesicht. Ich weiß nicht, warum. Mein Atem geht schnell, krampfhaft, ich stoße eigenartige hässliche Laute aus bei jedem Atemzug. Celia hilft mir, aus der Hose zu steigen. Da stehe ich und ringe nach Atem. Sie streckt die Hand aus, langsam, und legt sie auf mein Geschlecht. Sie legt ihre warme Hand auf mein Geschlecht. Und sofort hört das Schluchzen auf, nur die Tränen laufen weiter über mein Gesicht, aber es ist schön für mich, wie ein warmer Regen. Das Gewicht, das schwere, das in mir herumgetaumelt, ist wie der Klöppel in einer Glocke, kommt zur Ruhe und sinkt herab, ganz leise dorthin, wo ihre Hand mich hält und wärmt und erlöst. Ich strecke die Arme nach ihr aus und ziehe sie zu mir. Vor mir ist ihr feuchter, glitzernder Hals, und ich lege meinen Mund dorthin, wo ihre Haare hinter dem Ohr gebauscht sind und sich befreien wollen. Ich öffne meinen Mund. Ich schmecke ihre Haut. Sie schmeckt nach Mandelmilch und ist lauwarm auf der Zunge. In meinem Kopf entsteht ein kleiner roter Wirbel, der mich hebt und davonträgt. Als ich atemlos zurückkomme und wieder lande, auf dem Tischchen und an Celia geklammert, sehe ich, wie sich zwei schöne rote Bänder ihren weißen Hals herunter entrollen und in ihrem schwarzen Kleid verschwinden.

❖

Regen, und die Palmen an der Promenade wiegen sich in milchigen Schleiern. Das Meer ist trotzdem zu hören, in den Atempausen, wenn das Trommeln der Tropfen auf die roten Terrassenfliesen für Augenblicke nachlässt, nur um gleich wieder einzusetzen. Ich mag den Regen. Ich werde morgen abreisen, meine Sachen sind gepackt.

Schon als ich aufwache, weiß ich, dass es heute so weit ist. Ich liege noch eine Weile in den blauen Abendkonturen des Zimmers. Der Regen bringt eine frühe Dunkelheit. Ich strecke mich, wimmere genüsslich, fühle mich so lebendig und voller Sehnsucht, fühle meine Haut eng um mich geschlossen. So muss sich eine Knospe fühlen, kurz bevor sie sich öffnet. Es gibt keine Umkehr. Im Spiegel finde ich mich nicht an diesem Abend. Das Badezimmer glitzert mir entgegen aus dem silbernen Rahmen, unschuldig und erwartungsvoll. Ehe ich hinuntergehe in den Speisesaal, betaste ich mein Kinn. Rasieren ist schwierig ohne Spiegelbild. Wie stark die

Gerüche heute Abend sind. Zuerst der Regengeruch des Gartens mit seinen bitteren und schier unerträglich süßen Botschaften, dann der Geruch nach Abendessen auf der Treppe, der Geruch von nassem Fell neben der Garderobe, der kurze warme Atemhauch der Rosen auf der Theke der Rezeption.

Und da sitzt sie allein am Tisch und winkt mir zu. Ein schwarzes Kleid und ein mörderisch roter Mund. Sie hat den Lippenstift ihrer Tochter benutzt. Ich setze mich zu ihr, schmeichle ihr, bringe sie zum Lächeln, entlocke ihr den langweiligen Lauf ihres Tages, den sie umständlich vor mir ausbreitet. Ich erlaube ihr alles. Ich habe die Tür im Auge. Ich weiß, sie wird jetzt gleich von unserer Nacht reden wollen, ich sehe, wie ihre Augen feucht werden. Ich greife nach ihrer Hand. Winke dem Kellner.

»Wir sind zu zweit«, sagt sie. Der Kellner räumt die beiden Gedecke weg. Ich warte auf eine Erklärung. Ich habe Lust, sie zu ohrfeigen.

»Sie holen Gisèles Verlobten ab«, sagt sie und schaut auf ihre Hände. »Mit ihm wollen sie dann zum Hummerfischen. Bernhard und mein Mann sind leidenschaftliche Hobbyfischer.«

»Sie ist verlobt? Sie ist doch noch ein Kind«, sage ich und achte darauf, dass meine Stimme sanft klingt wie die eines Landgeistlichen.

Sie lacht. Kein nettes Lachen.

»Sie ist kein Kind«, sagt sie. »Sie ist ein kleines Miststück. Seit sie auf zwei Beinen stehen kann, ist sie hinter den Männern her. Sie hat es auch bei meinem Mann versucht, ihrem Stiefvater immerhin! Wir waren froh, als sie sich verlobt hat. Sie ist kein Kind. Täuschen Sie sich nicht, sie ist *une créature méchante* … Ich, ich habe so gelitten mit ihr.«

Aufgebracht hebt sie die Augen zu mir, und ich lese in ihrem Gesicht, dass sie alles durchschaut hat und dass sie mir nun zu sagen versucht, ich solle mir die Vorstellung von der Verführung eines Engels aus dem Kopf schlagen. Und dass es ihr Freude macht, mir das zu sagen. Aber auch sie liest in meinem Gesicht, und sie erkennt meine Empörung, auch wenn sie nicht weiß, worüber ich wirklich empört bin. Und was sie sieht, beleidigt sie.

»Sie fahren weiter nach Cannes«, sagt sie. »Zu seinen Eltern. Sie kommt nicht zurück.«

Der Kellner steht schon einen Moment am Tisch und wartet auf unsere Bestellung.

»Wir essen heute auswärts«, sage ich und stehe auf. Sie bleibt sitzen, und ihr Gesicht sieht aus, als hätte ich sie geohrfeigt. Warte du nur, denke ich. Unsanft ziehe ich sie an ihrem runden nackten Arm hoch und schiebe sie vor mir her aus dem Speisesaal. Auf der Treppe wendet sie sich nach mir um und zeigt mir mit einem kleinen Lächeln, dass sie weiß, wohin es geht.

Später, nachdem ich, immer noch bebend vor Wut und keuchend, die Adern in ihrer Armbeuge und an ihren Schläfen geküsst und mit den Zähnen umfasst habe, um mich zu mäßigen, um alles auch wirklich zu genießen, ohne mich vollzuschlagen, lege ich sie bäuchlings über den Tisch, dränge ihre Beine auseinander, fasse ihre Haare und biege ihren Kopf nach hinten. Sie mag das und atmet schnell und laut. Ich dringe in sie ein, ganz ohne Achtsamkeit, aber erst als sie die Augen öffnet und sich sieht im großen geschnitzten Spiegel über dem Tisch – und sie sieht nur sich, eine nackte Frau, deren Körper sich schüttelt wie im Krampf und deren Kopf mit gestrafften Haaren zurückgebogen ist, wie der einer Galionsfigur auf hoher See –, erst da sehe ich Furcht in ihren Augen, in ihren weit geöffneten Augen. Mein Mund erreicht ihren duftenden Nacken, und ich muss die Augen schließen. Ich höre nicht, ob sie schreit, ich spüre nur, wie sich ihr Körper unter mir spannt wie ein Bogen, und als ich die Augen öffne, um auch ihr Gesicht im Spiegel zu genießen, sehe ich zwei glitzernde schwarze Bänder sich neben ihrer Kehle entrollen, feierlich und lautlos. Ein großer Augenblick.

❖

Im Nachtzug denke ich an die Kleine, und ich denke, dass ich sie hätte nehmen sollen, dort auf der Treppe an diesem fürchterlich hellen Nachmittag. Ich kenne dieses Gefühl der Vergeblichkeit, und ich bin traurig.

Diese wundersamen Geschöpfe, die mich bezaubern und quälen und die ich verschone, aus Sentimentalität und auch aus dem Wunsch heraus, noch einmal jung zu sein und die ungestüme Gier und Leidenschaft der frühen Jahre zu kosten. Diese wundersamen Geschöpfe, die zu zerstören ich mir nur selten erlaube, haben ja ein Leben und ein Schicksal, das sie über kurz oder lang zur Strecke bringt.

Ich habe keine von ihnen je vergessen, auch nicht ihren Duft, und manchmal sehe ich sie sogar wieder. Ich sehe eine ältere Frau, die gelangweilt mit einem dicken rotgesichtigen Mann Kaffee trinkt und kein Wort mit ihm spricht. Ich sehe Frauen, ausgelaugt und räudig von vielen Geburten, die allein durch den Park wandern und nach den Hunden treten. Ich sehe diese klaren Züge versunken in Doppelkinnen, diese verletzlichen Augen, hart geworden wie Bachkiesel.

Wäre es nicht besser gewesen, sie in einem einzigen triumphalen Aufglühen in meinen Armen sterben zu lassen?

EIN RICHTIGER MANN

Florian muss sterben. Schrieb sie an den Spiegel.
Raoul va a morir. Eine Frau in einem lateinamerika-
nischen Film hatte das an den Spiegel geschrieben. Es
klang besser, und wieder ärgerte sie sich über den Namen, Florian, nun war es auch dafür zu spät. Aber sie
hielt es nicht mehr aus. Kein Mensch konnte das aushalten. Sie sah sich auf dem Hocker sitzen, im Hinterzimmer neben den Plastikkörben voller Kleider und
Wäsche, hinter ihr rauschten und polterten die beiden
riesigen Maschinen mit ihren Ladungen von Stoff und
Chemikalien. Sie sah sich auf dem Hocker sitzen und
sagen: »Florian ist tot.« Sie sah das Gesicht von Frau
Kroll, das sich über sie neigte, sah, wie die dem Mädchen Elvira ein Zeichen machte, und roch den Kaffee,
den man ihr hinhielt. »Um Gottes willen, Annette, wie
ist denn das passiert?« Und sie würde alles erzählen, wie
sie es immer getan hatte, und Frau Kroll würde sie an
ihre breite Brust ziehen, die nach Zimt roch, und ihr die
Hand auf die Stirn legen wie damals, als Florian nach
Amerika ging, weil man ihm diesen absolut wunder-
baren Job angeboten hatte, und sie, Annette, einen rich-

tigen kleinen Zusammenbruch erlebte auf dem Hocker im Hinterzimmer. Dann natürlich waren die Briefe gekommen, oft zwei in der Woche, und sie hatte sie allen vorgelesen, Frau Kroll, Elvira und auch Frau Gläser, die immer nur am Wochenende in der Reinigung arbeitete. Und nun sollte Florian nie mehr schreiben, und die Tage würden verstreichen, ohne dass Annette sich über irgendetwas freuen könnte, natürlich würde sie weinen, an Frau Krolls Brust gedrückt, und Elvira würde verlegen herumlehnen, an der Wand, an der Bügelmaschine, und etwas murmeln wie: ich glaube es einfach nicht, oder dergleichen. Aber noch war es nicht so weit.

»Eine Geschichte wie im Film« hatte sie einmal Frau Kroll sagen hören, zu Harry, dem Mann, der immer die Maschinen wartete. Er saß auf dem Hocker und trank Kaffee mit Kirsch. »Unsere Annette hat endlich Glück gehabt im Leben, das Glück, das sie verdient hat. Zuerst die bettlägerige Mutter, dann dieser Unmensch, der sie nur ausgenutzt hat, und dann jahrelang dieses Alleinsein. So eine nette Frau, und kein Mann, der das … der das …« Frau Kroll kam ins Stocken. »Der das hätte genießen können, was?«, fragte der Mann. »Ja, Sie sagen es, Harry«, rief Frau Kroll.

Sie hatte Florian im Urlaub kennengelernt, auf St. Bora, Elvira hatte ihr das kleine Hotel empfohlen. Elvira war dort mit einem Freund gewesen, im Spätherbst, und sie hatte wochenlang erzählt von den schönen Stränden, dem Essen und den schönen Kneipen.

Annette saß auf einem der Stühlchen am Strand unter einem weißroten Sonnenschirm, in einem leichten Trä-

gerkleid, das ihre braunen Schultern sehen ließ. Sie hatte
sich das Kleid für die Reise gekauft. Es war der sechste
Tag ihres Urlaubs, und sie fing an, sich zu entspannen.
Die Mücken setzten ihr nicht mehr so zu, nachts im
Hotelzimmer, seit sie eine Kräuterspirale verglimmen
ließ, auch die Schwellung am Auge, von einem Stich in
der ersten Nacht, war abgeheilt. Sie hatte gelernt, beim
Frühstück Obst mitzunehmen, für mittags, und wusste,
welcher Wein ihr schmeckte. Sie war bereit gewesen,
und da war Florian dahergeschlendert auf der kleinen
Promenade im Wind, und ja …, sie hatte es gleich gewusst. Es war nicht einfach gewesen, dieses Treffen, bei
dem Florian, in einem flatternden weißen Anzug, über
das Mäuerchen sprang, das den Sandstrand von der Promenade trennte, und vor ihr stehen geblieben war, in
der Hand ein rotes Windrad. Warum nicht ein rotes
Windrad? Er hatte es ihr hingehalten. Zuerst war alles
viel aufregender. Florian hatte sie aus der tosenden Brandung gerettet, draußen an der Felszunge, um die am
Abend Möwen kreisten, er war neben ihr aufgetaucht,
als sie die Kräfte verließen und sie daran dachte, sich
sinken zu lassen … Aber sie war davongekommen. Sie
hätte es auch schön gefunden, wenn er sich ihr an der
Bar des großen Hotels genähert hätte, sie hätte auf einem
verchromten Hocker gesessen, fröstelnd und damit beschäftigt, sich im Spiegel hinter den Flaschen zu betrachten. Eine Frau, die es gewöhnt ist, so allein vor einem
beschlagenen hohen Glas an einer Bar zu sitzen, und die
sich langweilte, die schläfrig war vor Langeweile und
Urlaubsüberdruss. Aber dann war er eben doch einfach

nur über das Mäuerchen gesprungen und vor ihr stehen geblieben, und … sie hatten sich angesehen. So war das. So musste das sein. Es war ihm genauso gegangen wie ihr. Das hatte er beim Abendessen gesagt. Das Abendessen danach … Er saß ihr gegenüber und bestellte, scherzte mit dem Kellner. Er sprach den Dialekt der Insel. Er sprach mehrere Sprachen fließend. So war es gekommen. Ein richtiger Mann, hatte sie gesagt, und Frau Gläser und Frau Kroll, die an ihren Lippen hingen und im Dampf der Bügelmaschine entrückt und körperlos schienen wie zwei gute Feen, hatten geseufzt und sich angesehen. Beide waren verheiratet. Annette kannte ihre Männer.

»Ja, wie sieht er denn so aus?«, fragte Elvira von der Tür zum Annahme- und Auslieferungsraum, aber Frau Kroll machte ihr ein Zeichen, sich um die Kunden zu kümmern, und Elvira zog sich schmollend zurück. Später auf dem Heimweg hatte Annette ihr alles haarklein noch einmal erzählt. »Groß und schlank, vielleicht ein bisschen zu schlank«, sagte Annette mit einem kleinen glücklichen Glucksen, was darauf hindeuten sollte, dass sie nicht etwa blind vor Liebe war. »Blond, lockige Haare, so bis hier«, Annette hob die Hand an ihre Ohrläppchen, »und grüne Augen und so ein jungenhaftes Lächeln, versteht ihr? So ein Lausbubenlächeln.« Die Frauen verstanden und seufzten genüsslich. »Verheiratet?« Frau Gläser, die immer misstrauisch gegenüber allen Menschen war, senkte den Kopf verschämt über den Hemdkragen, den sie gerade plättete. »Nein«, sagte Annette, »nein, nein, nie mehr einen Verheirateten«, und

Frau Kroll klatschte in die Hände und betrachtete Annette wie ein kluges Tier, das einen schwierigen Trick erlernt hat.

Elvira rief von draußen, dass sie Hilfe brauche, und Annette ging hinaus und fühlte, wie ihr die Blicke der beiden Frauen folgten. Sie fühlte sich leicht, fast tollkühn, und sie blieb in der Tür stehen, sah sich um und zwinkerte den Frauen zu. »Und wie ist er im Bett?«, flüsterte Elvira, als sie einen knisternden Stapel Anzüge in ihren Plastikfolien auf die Theke stemmte. »Ein richtiger Mann«, antwortete Annette leise, wurde rot, lachte, und auch Elvira lachte so hoch und kreischend, wie es ihre Art war. Um die missbilligenden Mienen der Kunden kümmerten sie sich nicht.

Ein richtiger Mann. Annette wusste nicht genau, was das zu bedeuten hatte. Aber das ging natürlich nicht an für eine Frau von dreißig. Ein richtiger Mann, das hatte sie von Elvira gehört, Elvira, dieses halbe Kind, schien ihr viel mehr darüber zu wissen als sie selbst. Gottlob bemerkte Elvira nicht, dass Annette ihre Worte benutzte. Den bärtigen Kerl hatte Elvira damit gemeint, der sie manchmal abholen kam, den mit den abgetretenen Cowboystiefeln und dem ausrasierten Nacken, einen nervösen Menschen, der auf die Theke trommelte und mit dem Rauch seiner Zigaretten atemlose Melodien hervorstieß, während er wartete, weil Elvira sich noch im Klo mit den Händen die Haare auflockerte, ganz gelassen, und mit schmalen Augen ihr Gesicht im Spiegel betrachtete. Annette erinnerte sich genau an jenen Abend, es schneite und Frau Kroll kämpfte auf dem Hocker sitzend mit ihren

Überschuhen. »Heute kocht er«, sagte sie keuchend. »Heute kocht er, und es gibt Käsespatzen. Schließt du ab, Annette, ich muss los.« Und Annette hatte ihr nachgeschaut, und der Mann hatte sich an die Theke gelehnt wie an eine Bar und Rauchringe geblasen, und Elvira war aus dem Klo geglitten wie eine Raubkatze, in ihrem Leopardenplüschmantel, und hatte den Arm von hinten um Annette gelegt und leise gesagt: »Drei Bier und dann in die Kiste.« Es schien ihnen nichts auszumachen, dass der Schnee auf sie fiel, als sie weggingen, ohne Hast, Arm in Arm, ohne sich anzusehen. Annette hatte die herumliegenden Drahtbügel eingesammelt, die rosa und gelben Kärtchen in der Schublade mit Büroklammern zusammengesteckt und die Kaffeemaschine ausgemacht. Das war vor Florian gewesen, und sie hatte einen eigenartigen nagenden Hunger verspürt, nach Dingen, die es gar nicht gab um diese Jahreszeit, nach Kirschen und Holundersuppe, Gelee aus Quittenmark, und dann war sie um die Ecke gegangen ins »Blaue Horn« und hatte ein Fleischpflanzerl gegessen. »Nass geworden?«, fragte der Kellner, der sie kannte, und wirklich lagen ihre blonden Haare so flach und dunkel um ihren Kopf, dass sie zurückfuhr, als sie sich im Spiegel sah, wie eine Ertrunkene, dachte sie. Sie hatte vergessen, ihre Kappe aufzusetzen. Dem Keller hatte sie später ebenfalls von Florian erzählt. Auch deshalb, weil er es nicht lassen konnte, ihr ab und zu den einen oder anderen Gast anzutragen. Er war ein lieber Kerl, aber das machte er nicht gut. Die Männer, die er ihr an den Tisch setzte oder neben sie an die Theke schob, wussten immer, was gespielt wurde,

·

und waren dementsprechend entweder schüchtern und steif oder zugreifend und beredt, als wäre sie eine leichte Beute. »Bringen Sie ihn doch mal mit«, sagte der Kellner. »Wir wollen mal sehen, ob er was taugt«, und die Männer an der Bar drehten sich um und lachten gutmütig und bierselig. »Nächstes Mal bringen Sie den doch mit«, rief der Kellner, entzückt über seinen Scherz. Aber das konnte sie natürlich nicht.

Florian trank nicht viel. Champagner schon, mit ihr zu Hause. Er brachte oft ein Fläschchen mit und Blumen, und immer hatte er alle möglichen Ideen, was sie unternehmen würden. Lokale, die gerade eröffnet hatten. Preisgekrönte Filme, Theateraufführungen von Truppen, die aus fernen Ländern kamen. Er wusste, wann die Königin der Nacht blühte im Botanischen Garten und wo die feinen Leute hingingen nach dem Abendessen, um zwischen vergoldeten Plastiken und unter einer verspiegelten Decke »Gardini« oder »Popo loco« zu trinken. Natürlich brauchte sie für solche Abende ein Kleid, und er schenkte es ihr. Sie trug es an dem Abend bei den Krolls, es war eigentlich zu elegant für diesen Abend, an dem Herr Kroll seine Verwandtschaft aus Chicago zu Besuch hatte. Einen dicken freundlichen Herrn aus der Bekleidungsbranche, der viel von seiner Muttersprache vergessen hatte, seine Frau, die aussah wie ein Eskimo, aber eine Indianerin war, und zwei Kinder, die zu Bett geschickt worden waren, noch ehe Annette ihren Auftritt hatte. Und es war ein Auftritt. Die Kinder wurden wieder aus dem Bett geholt, alle vier, damit sie Annette ansehen konnten. Der Onkel aus Chicago fand die richtigen Worte, »zauberisch«, und seine Frau betastete mit ihren braunen Fingern die applizierte weiße Litze auf der Corsage. »Zu schade, dass Florian nicht hier sein kann heute Abend, er hat ja wirklich nie Zeit«, sagte Frau Kroll in der Küche. »Haben Sie gesehen, was mein Allerliebster für Augen gemacht hat? Ich glaube, er hat zum ersten Mal bemerkt, was für eine begehrenswerte Frau Sie sind, Annettchen.«

Beim Nachtisch ließ sich Annette dazu überreden, das Foto herumzuzeigen. »Er ist im Computerfach tätig«, sagte sie bescheiden, »Software oder so.« − »Dort liegt die Zukunft«, rief der Onkel aus Chicago, und seine Frau hob ihr dunklen Augen von dem Foto, das sie lange betrachtet hatte, und sagte: »He looks terribly nice, a little oldfashioned, that's charming in a man«, und sie reichte Annette das Foto über den Tisch, ohne die Augen von ihr zu lassen. Annette hatte einen dieser entsetzlichen Augenblicke, ein Gefühl wie in einem Lift, der losgerissen in die Tiefe stürzt. Sie fühlte die Röte ihren Hals heraufsteigen und ihr Gesicht überfluten. »Wie lieb«, rief Frau Kroll und wies auf Annettes gesenkten Kopf. »Das Herz wird einem warm bei so einer Liebe.« Annette wand sich vor Verlegenheit und Schuldgefühlen. Frau Kroll machte alles noch schlimmer mit ihrer Begeisterung und ihrer Gutgläubigkeit. »Ich würde mich auch nicht anglotzen lassen von euch Hühnern in der Reinigung, wenn ich Florian wäre«, sagte Herr Kroll und tätschelte Annettes Knie. »Vielleicht hat sie ja auch Angst, ihr schnappt ihr dieses Prachtstück weg, ihr Hexen.« Alle lachten, und Annette steckte das Foto in ihre Tasche.

Sie hatte es schon lange gehabt, bevor Florian in ihr Leben trat. Sie hatte es in einem Haufen von Fotos und Papieren gefunden, die in einem Container auf der Straße lagen. Damals, es war kurz nach dem Tod ihrer Mutter gewesen, hatte sie in solchen Containern oft nach kleinen Möbelstücken, Lampen, Geschirr und sonstigem Kram herumgestöbert. Ihre Mutter war in ihrer kleinen Wohnung verbrannt. Alles war verbrannt, die Möbel, die Bilder, die Kleider. Das Schreckliche war, dass Annette, als sie auf dem verkohlten Parkett stand und entdeckte, dass nichts, aber auch gar nichts die Katastrophe überlebt hatte, etwas wie grimmige Erleichterung empfunden hatte. Eine Art Befreiung, die sie so befremdet und entsetzt hatte, dass sie sich auf der Treppe übergeben musste. Die Mutter habe nicht gelitten, sagte der Arzt, sie sei im Schlaf erstickt, er konnte das an der Lage des … nun, des Körpers erkennen. Aber Annette hatte geweint und ihm nicht geglaubt. Kurz darauf hatte sie ein Wochenende mit einem Mann verbracht, an den zurückzudenken sie sich verbot. Seit Florian ihr gezeigt hatte, wie ein wirklich guter Mann sein konnte, kamen ihr ihre früheren Liebesgeschichten seltsam absurd vor, wie ausgedacht. Sie hatte jenem Mann kein Wort von dem erzählt, was mit ihrer Mutter passiert war, sie hatte es niemandem erzählt. Nur Florian, Florian wusste alles. Er hörte sich die ganze Geschichte an, immer wieder.

Sie hatte damals schlimme Zeiten durchgemacht in dem Zimmer über dem Fischladen, das ihr der Hausbesitzer aus Mitleid überlassen hatte. Sie wusste wohl, dass sie halb verrückt war und am Rande eines Abgrunds balancierte. Sie brachte es nicht fertig, etwas von dem Sparkonto ihrer Mutter abzuheben, und sie arbeitete über eine Stellenvermittlung mal da, mal dort, denn es gab Wochen, in denen sie niemanden sehen konnte und nichts weiter tun wollte, als bei Morgendämmerung mit der ersten S-Bahn hinaus aufs Land zu fahren und dort herumzulaufen, bis sie keine Kraft mehr hatte nachzudenken. Ihre Möbel suchte sie sich auf dem Sperrmüll zusammen oder kaufte sie Leuten ab, die in der Zeitung annonciert hatten. Damals hatte sie auch begonnen, die Fotoalben zu kleben. Sie sammelte Fotos, die sie auf Flohmärkten fand, in Secondhandläden oder in Mülltonnen. Sie nahm nicht alle Fotos, nur solche, die in irgendeinem Zusammenhang mit ihrem eigenen Leben zu stehen schienen. Sie wusste selbst nicht, was es war, was sie an einem Gesicht oder einem Gruppenbild berührte. Oft waren es Kinder und Frauen, Männer seltener, allenfalls ganz junge Männer oder ganz alte.

Florians Foto rutschte ihr entgegen zwischen Spielkarten und vergilbten Rechnungen. Er stand breitbeinig im Kies eines Flussbetts, in einer dunklen Badehose, die Haare nass, und als sie das Foto aufhob und genauer betrachtete, sah sie, dass sein Gesicht all das in sich vereinigte und ausdrückte, was sie als Glück empfand. Sein Lächeln nicht breit oder strahlend, nur angedeutet, das Versprechen von Freude und Lachen. Die Augen schauten sie an, innig und zutraulich, als könnte nur sie die Botschaft verstehen. »Ich lebe«, schien er ihr zu sagen, und sie hatte ihn verstanden, dort vor dem Haufen von Brettern und Kochtöpfen, die von Zementspritzern gefleckt waren, umgeben vom Gestank muffiger feuchter Kissen und Lappen, hatte sie seine Botschaft erhalten. Sie hatte das Foto in ihre Bluse gesteckt, so dass sein Gesicht an ihrer Haut lag, und war nach Hause gegangen. Ohne den Fischgeruch wahrzunehmen, oder den Brandgeruch, oder die alte Frau, die in diesem schäbigen Zimmer mit ihr lebte und deren Geruch sie immer wieder mit Wiesenblumensträußen zu vertreiben suchte, mit Zigaretten, mit Pfefferminzöl …

»Und wenn es so weit ist, dass ihr euch der Öffentlichkeit präsentiert, dann wollen wir die Ersten sein …«, flüsterte Frau Kroll, als sie ging, ihre heiße Wange an Annettes Wange, ihre Augen glitzernd vom Cognac. Aber da war schon ein ganzes Liebesjahr mit Florian vergangen, und er musste nach Amerika.

»Ich glaube, deinen Florian gibt's gar nicht«, hatte Elvira einmal gesagt, an einem Sommertag, Eschensamen lagen in der Luft. Sie hatte Annette einen Armvoll Röcke an die Brust gedrückt und gekichert. »Du kannst ruhig sagen, wenn er einen Buckel hat oder nur ein Bein, wir sind keine Unmenschen.« Elvira wusste nie, wo die Grenzen des guten Geschmacks lagen.

»Ich habe Annette neulich mit ihm gesehen, auf dem Volksfest«, behauptete Frau Gläser, »zwar nur von hinten, aber doch.« Annette sah sie an und erschrak zutiefst, als sie Frau Gläsers Blick von sich abgleiten fühlte, zur Seite aus dem Fenster, als müsste sie gleich lachen. Wollte Frau Gläser ihr helfen, sie verteidigen? Was wusste sie? Sprach sie mit Frau Kroll darüber? Frau Gläser wandte ihr den Kopf zu und schloss rasch ganz fest die Augen, ihr Gesicht verzog sich dabei. So hatte Annettes Tante Lonni ihr ein heimliches Zeichen gegeben, über die Schulter der Mutter hinweg, wenn sie ein kleines Geheimnis mit ihrer Nichte verband, ihr fünf Mark in die Manteltasche gesteckt oder noch ein Stück Kuchen im Kühlschrank aufgehoben hatte für Annette.

Annette musste sich an die Theke lehnen vor Grauen, den Kopf gesenkt. Aber es ging vorüber. Frau Gläser machte sich über die Flecken auf einem roten Morgenrock her, und Elvira zählte die Kopfkissenbezüge mit den kleinen Spitzenrändern. Annette war noch einmal davongekommen.

Aus Amerika schrieb Florian ihr Gedichte. Er erzählte ihr von seiner Wohnung am Fluss, von Filmen, die er gesehen hatte, von den Frauen, die ihn nicht interessierten, weil sie nur an Geld dachten. Annette konnte sich alles, was er schrieb, gut vorstellen, denn sie ging oft zweimal in der Woche ins Kino, und besonders die amerikanischen Filme gefielen ihr.

Sie verglich alle Männer, die in den Filmen vorkamen, mit Florian, vor allem die prächtigen Helden der Liebesgeschichten, aber keiner, keiner war wie er. Dennoch fühlte sie, wie sie scheu wurde und verlegen bei den Liebesszenen. All diese Männer hatten etwas mit Florian zu tun und mit dem, was geschehen war, zwischen ihm und ihr im Bett, am Meer, im Park, am Tisch. Manchmal sah sie diese Männer Dinge tun, die ihr auch Florian angetan hatte, hörte die Frauen Dinge sagen, die auch sie ihm gesagt hatte, es überraschte sie und war doch so vertraut, als habe sie es nur vergessen, und erst jetzt in der Dunkelheit zwischen den fremden Menschen fiele es ihr wieder ein, mit solcher Gewalt und solchem Schmerz, dass sie glaubte, das wären die Vorboten des Todes, ihres Todes. Aber natürlich lebte sie weiter. Trat aus dem Kino hinaus und durchwanderte die nächtlichen Straßen der Stadt, ohne auf irgendetwas zu achten, was um sie herum geschah. Saß im Bus, ihre Tasche auf dem Schoß und den Kopf ans Fenster gelehnt, und dachte an Florian, den Umriss seiner Schultern und seiner Hüfte, wenn er neben ihr schlief unter den Laken, die mit verwaschenen grünen Blättern bedruckt waren, daran, wie er sich rasierte vor dem runden Spiegel im Bad, mit durchgedrückten Knien, oder wie er seine Zeitung entfaltete am Frühstückstisch. Manchmal schlichen sich seltsame Szenen in ihre Erinnerung, sie wusste nicht, aus welcher Kammer ihrer Träumereien sie aufstiegen, und sie machten sie unruhig. Florian, der auf einer sattgrünen Wiese mit drei gefleckten Hunden spielte, die ihn umsprangen, nach seinen Händen schnappten, an seiner Jacke zerrten und ihn schließlich zu Boden warfen, sich auf ihn stürzten und an ihm rissen, als wäre er ein von ihnen erlegtes Wild. Die Wiese mit ihrem herrlichen Grün umschloss die hin und her flitzenden gefleckten Körper der Tiere wie der grüne Samt, auf dem in Juwelierschaufenstern funkelnde Schmuckstücke ausgebreitet lagen. Oder sie sah Florian durch die Tür ihres Schlafzimmers treten, die unruhigen Schatten der Bäume vor dem Fenster strichen über seine Gestalt, aber sie sah die Axt, die er mit beiden

Händen an die Brust drückte, sah seine Augenhöhlen, dunkle Löcher in seinem Gesicht, die Lippen, die die Zähne entblößten. Manchmal sah sie ihn auch schreiben, und sein Gesicht war nass von Blut und Schweiß, sein Haar verklebt.

Vielleicht suchten sie diese Bilder heim, weil sie Florian nach dem Leben trachtete und weil sie sich davor fürchtete, mit ihm ein Stück ihres eigenen Lebens aufzugeben. Vielleicht würde sie danach auch selbst zugrunde gehen. Bei jedem seiner Briefe fühlte sie, wie die Kraft sie immer mehr verließ. Jedes Mal, wenn sie seinen Namen aussprach, sammelte sich bitteres Wasser in ihrem Mund.

An manchen Tagen hatte sie das Gefühl, sie allein nähre mit ihrer Liebesgeschichte all die anderen Frauen, die sie den ganzen Tag umgaben, als sei sie allein es, die ihnen Mut und Hoffnung geben könnte mit den Botschaften, den Gedanken, den Scherzen, die Florian von weit her an sie richtete. Schlimmer war, dass sie nicht mehr genau wusste, wer sie selber war in den Augen ihrer Familie, denn sie hatte ihre Mitarbeiterinnen in der Reinigung irgendwie immer als ihre Familie betrachtet und sich bei ihnen zu Hause gefühlt, mehr zu Hause als in ihrer kleinen Wohnung am Abend vor dem Fernseher, einen Teller mit Schinkenbroten auf den Knien. Sie hatte Florian für diese Familie erfunden, so wie man eine gute Note erfindet, um die Eltern zu beruhigen, so wie man sich einen Rosenstrauß kauft und ihn neben sein Bett stellt, um die Schwestern wissen zu lassen, dass man von jemandem geliebt wird und dass man ihr Mitleid nicht nötig hat. Aber das stimmte nicht ganz. Natürlich war sie es selbst, die Florian gebraucht hatte, sie ganz allein hatte ihn gebraucht. Ihre Sehnsucht hatte Gestalt angenommen, ganz so, wie sie es sich immer gewünscht hatte. Nun aber ertappte sie sich dabei, dass sie fast eifersüchtig war auf diesen Mann, der durch sie immer deutlicher zutage trat, immer greifbarer wurde und der so viel Aufmerksamkeit von ihren eigenen Leuten erhielt, wie sie es, so glaubte sie, nie für sich allein hatte bekommen können. Wer würde sie sein ohne Florian? Wie würde sie sein, wenn sie aus der Gnade fiel und wieder zu der Frau würde, die sie einmal gewesen war? Am schlimmsten aber war zu betrügen. Belog sie nicht täglich alle Menschen, die an Florian glaubten? War das nicht Falschgeld, das sie ihren Freunden zahlte, würde sich das nicht rächen mit einem furchtbaren Ende, Schimpf und Schande? So musste sich ein Geschäftsmann fühlen, der jeden Tag erwartet, bankrott zu gehen und ins Gefängnis zu müssen.

Noch immer kam Florian zu ihr und nahm sie in die Arme. Er lachte über ihre Ängste, er ahnte, dass seine Tage gezählt waren. Noch immer schrieb er Briefe, in denen er von seiner Sehnsucht, von seiner Einsamkeit, von seiner Liebe sprach. Wie schön waren die Abende gewesen, an denen sie diese Briefe schrieb, die Landkarte vor sich, das dicke Buch mit den Landschaftsfotos, die Gedichtbände, das englische Lexikon.

»Noch nie habe ich so schöne Briefe gelesen, von einem Mann in einem so nüchternen Beruf«, sagte Frau Kroll und betupfte sich die Augen, und Frau Gläser schenkte Annette ein kleines Buch mit Liebesgedichten, damit sie auch mal hier und da ein Verslein einfließen lassen könne, in ihre Briefe an diesen Prachtmann.

»Er soll ein paar Polaroids machen von sich.« Elvira war immer für das Optische, aber Frau Kroll lächelte und sagte: »Du weißt doch, wie er es hasst, sich fotografieren zu lassen.« Annette stopfte Hemden in die blauen Plastiksäcke, als habe sie nicht zugehört.

Am Ende konnte sie Florian nicht sterben lassen. Sie hatte es geahnt. Zuerst hatte Annette an einen Unfall gedacht, später an einen Mord, man las so viel davon. Abgeschreckt von den blutigen Bildern seines Todes, wollte sie ihn dann krank werden lassen, aber sie dachte beklommen an die Briefe, die er aus dem Krankenhaus schreiben würde, an die medizinischen Befunde, und Elvira hatte schon einmal davon gesprochen, eine Kasse auf die Theke zu stellen und Geld zu sammeln, damit die sehnsuchtskranke Annette nach Minnesota reisen konnte, wenigstens zu Weihnachten. »Wir könnten alle zusammenlegen und es dir leihen«, sagte sie. »Du könntest es uns nach und nach zurückzahlen.« Sie glaubte nicht, dass man als Frau gesund bleiben konnte, ohne von einem Mann umarmt zu werden. Annette hatte sie trösten müssen. »Ich kann nie lange bei einem bleiben, das ist ein Kreuz.« Elvira saß auf Annettes Sofa und aß Rührei auf Butterbrot. Annette schenkte ihr Wein nach, Elvira folgte jeder ihrer Bewegungen mit den Augen. »Das ist doch nicht normal, nach ein paar Monaten halte ich sie nicht mehr aus, und dann das ganze Elend, sie loszuwerden, und glaub mir, es geht mir nicht gut danach, es ist, als müsste ich jedes Mal wieder von ganz vorn anfangen.«

Annette wusste, dass Elvira Rat von ihr erwartete, Hoffnung sollte sie ihr eingeben, sie beruhigen. »Wie ist das bei euch?« Elvira hielt sie am Arm fest und neigte ihr den Kopf zu, bis sie Stirn an Stirn dasaßen. »Willst du nicht manchmal einfach Schluss machen?« – »Nein«, hörte Annette sich sagen, »nein, noch nie.« Warum hatte sie das gesagt?

Die Vorstellung, von Florian sprechen zu müssen, überfiel Annette an manchem Morgen mit solcher Gewalt, dass sie glaubte, nicht zur Arbeit gehen zu können. Es kostete sie immer größere Anstrengung, die Fragen der Frauen auszuhalten, ihre Anteilnahme hinzunehmen. Es war, als gerieten sie in Unruhe, wenn sie keinen Brief vorzuweisen hatte, sie belauerten Annettes Mienen. Im Spiegel betrachteten sie ihr Gesicht. War das das Gesicht einer Frau, die glücklich liebte, einer sehnsüchtigen Frau? »Etwas stimmt nicht mit dir, Annette«, sagte Frau Kroll, »das ist einfach zu lange jetzt ohne ihn. Du solltest ihm schreiben, dass er Urlaub nehmen und zurückkommen muss. So geht das nicht weiter.«

Annette merkte, wie sie die Fäuste ballte.

Florian traf seine neue, seine große Liebe in einem eleganten Restaurant. Er wusste sofort, dass es die Frau seines Lebens war. Sie blieb vor seinem Tisch stehen, sie trug ein enges kirschrotes Spitzenkleid, es war ein teures

Restaurant, mit einem Tisch in der Mitte, auf dem Früchte lagen und geräucherte riesige Fische und Schalen mit Krabben und Blumensträuße. Ein Restaurant mit einem Ober nur für den Wein. Sie war vor seinem Tisch stehen geblieben und hatte ihn angelächelt, nein, sie hatte ihn nur angesehen, nachdenklich und traurig. Ihre Augen veilchenblau, das Haar pechschwarz bis zur Taille. Er hatte so etwas empfunden wie jemand, der einen elektrischen Schlag bekommt, und auch sie, das konnte man sehen, wurde blass und …

»Oh Gott, als ob du dabei gewesen wärst«, sagte Elvira und zerrte an ihrem Taschentuch. »Er hat mir am Telefon alles erzählt.« Annette lächelte tapfer. »Das Schwein«, murmelte Frau Kroll und machte ein unbestimmtes Zeichen mit der Hand, weil draußen jemand an der Tür rüttelte, obwohl es schon nach sechs war. Sie saßen auf den Stühlen, die heute gekommen waren. Drei Jahre Kampf hatte es gekostet, den Besitzer, Herrn Ballan, dazu zu bewegen, diese Stühle zu erlauben und zu bestellen. »Ich möchte nicht, dass ihr Mädels immer nur im Hinterzimmer herumsitzt und quatscht«, hatte er gesagt. Die neuen Stühle waren aus verchromtem Rohr und hatten pastellfarbene Plastikbezüge. Man saß gut auf ihnen. Annette schaute in die Gesichter der Freundinnen und trank von ihrem Kaffee.

»Diese Frau, sie heißt Lucrezia, hat sich an die Bar gestellt, einen von diesen Drinks bestellt, ihr wisst schon, mit einem grünen Zweiglein im Glas, das man in Zucker getaucht hat.« – »Das Mädel ist so ruhig«, sagte Frau Kroll zu Elvira, als wäre Annette gar nicht da. »Jeden

Augenblick wird sie zusammenklappen. Ich kenne das.«
Aber Elvira saß mit offenem Mund da und wartete, wie
es weitergehen würde, und Annette schloss die Augen.
»Eine wunderschöne Frau, sagt er, eine Frau wie aus
einem alten Gemälde«, und dann beschrieb sie, wie
Florian sich neben sie gestellt hatte und wie diese Frau
gesagt hatte: »Endlich« oder so etwas, und er hatte gesagt: »Mein Name ist Zeno«, denn er hatte sich in den
Staaten einen neuen Namen zulegen müssen, ach, wegen
aller möglichen Sachen …

Annette fühlte, wie die Gelassenheit sie verließ. Sie
sah seine Hand um den Ellbogen der Frau greifen, sah
den Körper in dem kirschroten Kleid sich zu ihm hin-
drehen, sah ihre Münder sich berühren, roch den Duft,
der die beiden umgab, wie Luft aus einem Gewächs-
haus.

»So schnell – ach was, das glaube ich nicht«, rief
Elvira, aber Frau Kroll gab ihr einen Klaps aufs Knie.
Annettes Stimme zitterte.

»Ich habe gesagt, ich will keine Briefe mehr von
ihm«, sagte sie. »Er wollte …« Und nun begann sie zu
weinen.

Die verchromten Beine der neuen Stühle klickten,
als sie gegeneinanderstießen. Frau Kroll hatte Annettes
Kopf erobert und hielt ihn triumphierend an ihre Brust
gedrückt, aber Elvira, die die Arme um Annettes Taille
gewunden hatte, so fest, dass Annette fühlte, wie die
Gürtelschnalle ihr ins Fleisch drückte, Elvira lehnte ihr
Gesicht an Annettes Schulter und atmete heftig und laut.
Einen Augenblick lang glaubte Annette, lachen zu müs-

sen. Sie sah sich in dem Hinterzimmer der Reinigung sitzen, neben den Stangen, auf denen die Kleider hingen, hinter ihr schäumten und brodelten die riesigen Waschmaschinen, sie sah drei Frauen auf drei zusammengeschobenen Stühlen kauern, die sich so fest umklammert hielten, als wären sie ein einziges großes unförmiges Wesen oder ein verschnürtes unförmiges Kleiderpaket.

Aber während ihr Mund breit wurde und ihre Nase kribbelte, stürzten die Tränen aus ihren Augen. Sie sah Florian eng an die Frau gepresst durch die Tür hinaustreten auf die Straße, eine Straße, die taghell erleuchtet war von den zuckenden bunten Sternbildern der Neonreklame, sah die beiden davongehen über den spiegelnden Asphalt und weiter und weiter, bis sie zwischen den anderen Menschen verschwanden.

REGEN

Der Tag war drückend gewesen, und nun stand eine schwarze Wolkenbank wie ein Stück nächtlicher Himmel über den Baumkronen. Kein Blatt bewegte sich, kein Grashalm zitterte, nur ein paar Vogelstimmen hoben sich vereinzelt und beklommen aus den Büschen am Weg.

Rotraut saß auf einer Bank, schaute über die Wiese und aß Kirschkuchen aus der Tüte. Die Wiese streckte sich vor ihr bis hinüber zum Bach mit seinen Schilfpinseln. Kein Mensch war zu sehen, auch kein Hund, nicht einmal die Enten, die dort immer umhergingen und im Gras lagen, und wie sie so kaute und schluckte, befiel sie das unangenehme Gefühl, ganz allein im Park zu sein, übrig geblieben und ausgesetzt, während die Wolkenbank näher zog und alles, was am Leben war, sich längst in Sicherheit gebracht hatte.

Sie wischte sich mit dem Unterarm den Schweiß vom Gesicht und spuckte einen Kirschkern auf den Weg. Er rollte lautlos zwischen die welken Blätter. Auch die Frau, die nun vom Buchenrondell her den Weg herunterkam, machte keinerlei Geräusch. Sie näherte sich langsam und wie auf gut geölten Rädern, ihr langer brauner Mantel schleppte im Staub hinter ihr her. Sie trug ein Tuch, eng um den Kopf gebunden und im Nacken verknotet. In ihren Händen hielt sie zwei schwankende Bündel, die aussahen wie nachlässig verschnürte Wäschepakete, aus denen hier und da ein Lappen hing.

Sie kam heran und setzte sich neben Rotraut auf die Bank, ohne sie anzusehen. Der Geruch nach verbrannten Federn, der von ihr ausging, hüllte Rotraut ein, die Bank bebte leise, als die Frau die schmutzigen Bündel neben sich abwarf und sich zurücklehnte.

Rotraut wagte nicht weiterzuessen und legte die Tüte auf ihren Schoß. Sie wagte auch nicht, zur Seite zu rücken oder aufzustehen, all das hatte sie schon tun wollen, als sie die Gestalt der Frau aus dem Buchenrondell hatte auftauchen sehen, und eben weil sie begriffen hatte, dass sie flüchten wollte, war es ihr nun unmöglich, es zu tun. Sie saß und schwitzte, sah aus den Augenwinkeln, dass auch auf dem Gesicht der Frau, das bläulich weiß war wie geronnene Milch, Schweißtropfen standen, bemerkte den schwärzlichen Schorf auf der Nase, roch die Luft, die aus den Falten des weiten Mantels aufstieg, ein warnender Geruch.

Die Frau beachtete Rotraut nicht, schüttelte den Kopf, bewegte die Lippen in lautlosem Gemurmel, trat nach den Bündeln, schaute über die Wiese, nickte, kratzte sich den Kopf.

Rotraut saß wie betäubt, spürte die hölzerne Lehne der Bank gegen ihren Rücken drücken, fühlte die kleinen Steine auf dem Weg durch die dünnen Sohlen ihrer Schuhe. Die Schuhe der Frau waren aufgeplatzt und zerfetzt, gequollen, als hätten sie lange im Wasser gelegen. Die nackten Knöchel ragten aus ihnen hervor, zerbrechlich wie die eines Kindes.

Für einen Augenblick glaubte Rotraut, nicht atmen zu können, glaubte, sie säße am Grunde eines tiefen Sees, über sich schwarze tonnenschwere Wassermassen, die sie zusammendrückten, als sei sie aus Papier. Sie schloss die Augen und suchte in ihrem Kopf nach einem Bild, das sie hätte erleichtern oder retten können, fand Straßen, auf denen sich Menschen rasch an ihr vorbeischoben, Autos fuhren, Lichter zuckten, fand den stillen hellen Raum, in dem sie saß, das Cello zwischen den Knien, fand eine Wiese, auf die der Regen fiel, eine Kindheitswiese mit Butterblumen und Sauerampfer, sah die Mutter stehen und ihr winken, den Regenmantel ausgebreitet und erhoben, damit sie gleich hineinschlüpfen konnte, und dann sah sie das Gesicht des Mädchens, ein braunes Gesicht, um das viele schwarze Haare standen wie eine zu große zottelige Puppenperücke.

Das Mädchen war ebenso groß wie sie selbst, ihre Augen auf der Höhe von Rotrauts Augen. Als sie dicht vor sie hintrat, zwischen den Erwachsenen, die über ihnen aufragten, an ihnen vorbeidrängten und deren Stimmen und Gelächter die Luft erfüllte, standen sie sich gegenüber wie gefangen in einer anderen Dimension. Es war auf dem Volksfest und es war Sommer. Die Luft klebrig vom Geruch gebrannter Mandeln und heißem Fett, das Licht flirrend vom Staub. Die Musik des Karussells vermischte sich mit dem Rufen und Kreischen, schepperndem Glockenspiel und Knallen von Schüssen.

Wenn man die Augen schloss, war es wie Musik. Rotraut war berauscht von dieser Musik, in ihrer Hand die heißen Münzen, die ihr die Mutter in die Tasche gesteckt hatte, auf ihrer Zunge die schrille Süße der Himbeerbonbons.

Fast berührten sich die Nasen. Das Mädchen hob eine Hand und zeigte Rotraut ihren kleinen gelblichen Handteller, in dem die Linien wie mit schwarzer Tinte gezogen schienen. »Bitte«, sagte das Mädchen, und zu Rotrauts Verlegenheit verzog sich ihr Gesicht zu einer Miene, die zu dem jammernden Ton in ihrer Stimme passte. »Bitte.« Rotraut wusste, was sie für ein Gesicht machen musste, wenn sie dem Vater etwas abschmeicheln wollte, sie hatte das Gesicht im Spiegel geübt und mochte es nicht. Sie hatte den Vater heimlich verachtet, weil er darauf hereinfiel und sich davon erweichen ließ. Sie wusste, dass dies Gesicht nicht echt war, und sie versuchte, an dem Mädchen vorbeizukommen, aber in dem Gewühl von Körpern gelang es ihr nicht. Sie wurden gegeneinandergeschubst, und Rotraut spürte einen Körper, der so leicht, so schmächtig und so hinfällig schien, dass sie Abscheu empfand. Sie selbst stand fest auf den Beinen, war rundlich und prall. Das hatte ihren Eltern immer gefallen, und allen anderen auch, nur ihr selbst nie. »Bitte«, winselte das Mädchen und hob ihre Hand vor Rotrauts Augen, was für flüssige Augen sie hatte, schwarz wie Bakalitknöpfe, die Nase, eine lange schmutzige Nase mit gierigen Nüstern, und wie fürchterlich rot ihr Mund war und wie er schnappte – ein Karpfenmaul, aus dem man soeben den Haken gelöst hat.

Rotraut gab ihr einen Stoß vor die Brust und drückte sich an ihr vorbei.

Später trank sie Limonade und schaute zu, wie Mädchen mit gebauschten Röcken durch die Luft flogen und sich an den Händen zu halten versuchten. Später saß sie in einem Schwan und streichelte seinen gebogenen Holzhals, der dick mit weißer Ölfarbe bemalt war, während die Musik sie an den vielen Gesichtern und Stimmen, den winkenden Händen vorbeitrug.

Als es zu regnen begann, rannte Rotraut unter die rot-weiße Zeltplane der Wurstbraterei. Ein Mann sammelte die Würste in eine Schüssel und wischte über die Teller. Es waren nur noch wenige Leute zwischen den Zelten unterwegs, und Rotraut war schwer ums Herz, weil sie wusste, dass sie bald würde heimgehen müssen.

Eine große rothaarige Frau mit schwerem Körper lief klatschend in ihren Gummistiefeln an Rotraut vorbei, ohne auf den Regen zu achten. Ihr Gesicht machte Rotraut Angst. Sie zerrte ein Kind an der Hand hinter sich her, ein Mädchen mit nackten schlammigen Beinen. Sie blieb stehen und sah sich um. Rotraut konnte Regentropfen in ihrem krausen Haar hängen sehen wie Tau. Die Frau riss das Mädchen mit einer raschen Kehrtwendung ihres großen Körpers fast um und musste es am Arm hochhalten, sonst wäre es hingefallen. Sie schob es zwischen die Buden, und Rotraut sah neugierig zu, wie die Frau das Kind gegen die Wand drückte und in die Taschen ihrer Schürze griff, den Rock hob, ihre Brust betastete, sie suchte etwas und fand es nicht. Das Mädchen stand mit abgewandtem Gesicht da und wehrte sich nicht. Die Frau schüttelte das Kind, und ihr Gesicht war böse, als sie auf es einsprach, Rotraut sah, wie dick ihr Hals dabei wurde und wie rot. Sie hatte längst das Mädchen erkannt und wollte sich davonmachen, aber sie stand wie angewurzelt. Sie sah nicht, wohin die Frau das Mädchen schlug, sah nur, wie das Mädchen hinfiel und ihren Kopf mit den Armen zu schützen versuchte. Das Rauschen des Regens übertönte alle Geräusche, er fiel jetzt so dicht und heftig wie die stürzenden Vorhänge eines Wasserfalls.

Ehe Rotraut sich duckte und hinauslief, warf sie noch einen Blick hinüber, sah das Gesicht des Mädchens, halb verborgen unter glitzernden Haarsträhnen und so teilnahmslos und ohne Ausdruck, als läge dort eine weggeworfene Puppe. Und während Rotraut an den Buden vorbeirannte, auf dem aufgeweichten Boden rutschend und stolpernd, den Regen im Gesicht, wusste sie, dass dieses Gesicht das Gesicht war, das sie immer hatte haben wollen und das sie nie würde haben können, und sie wusste auch, dass sie das Mädchen dafür gehasst hatte, und sie wusste, dass ein dunkler Zusammenhang bestand zwischen ihrer Weigerung, die Bitte des Mädchens zu erfüllen, und dem, was die Frau dem Mädchen angetan hatte. Und da hasste sie das Mädchen noch inbrünstiger als vorher und spuckte das Bonbon auf den Weg und ballte die Fäuste, als sie an den letzten Zelten vorbeilief und Tränen in ihre Augen aufsteigen fühlte. Später vor der Haustür ließ sie den Tränen freien Lauf, sie waren ihr willkommen, denn ihre Mutter wusste, warum sie weinte, und sprach es aus: weil sie so nass war, so müde, so aufgeregt vom Volksfest. Und ihre Mutter rückte alles wieder zurecht und setzt sie auf den Küchentisch und frottierte ihr den Kopf und ließ sich ihre Zunge zeigen, die rot war von den Himbeerbonbons.

Ein Windstoß fuhr durch die Bäume und trug die Tüte von Rotrauts Schoß auf den Weg, die ersten Tropfen machten dunkle Punkte auf das weiße Papier. Rotraut wandte sich der Frau zu, die neben ihr saß. Ein Blitz teilte den schwarzen Himmel und ließ die Wiese fahl aufleuchten wie Tang. »Es fängt an zu regnen«, sagte Rotraut, »Sie werden nass.«

Und sie wollte fragen, wo die Frau hingehen würde bei dem Regen und wo sie sich trocknen würde und was aus ihren Bündeln würde, denn die Frau, das wusste Rotraut, hatte keine Wohnung und keinen Ort, an dem sie zu Hause war, an dem sie sich verstecken konnte vor dem Regen.

Rotraut stand auf. Sie hörte sich sagen: »Kommen Sie mit mir nach Hause, ich mache uns einen Tee.« Und eine fürchterliche Angst überfiel sie, dass die Frau aufstehen und mitgehen würde, dass sie in ihrer kleinen Wohnung auf dem Sofa säße, in ihrem nassen Mantel, mit ihren Bündeln, dass sie in ihrer Wanne liegen würde, das Bad erfüllt von ihrem Geruch, dass sie nicht mehr fortgehen würde, weinen würde, schreien würde, dass sie krank würde und in Rotrauts Bett liegen müsste.

Rotraut sah all das vor sich, und ihr Herz wurde klein und hart vor Angst wie ein Stück Kohle.

»Kommen Sie«, sagte sie sanft. »Kommen Sie«, und

sie berührte den Arm der Frau mit ihren Fingerspitzen. Die Frau drehte langsam den Kopf zu ihr und sah sie an.

»Was willst du denn jetzt wieder«, sagte sie empört. »Hau ab!« Und dann schrie sie, und ihre Stimme überschlug sich: »Hau ab! Hau ab! Lass mich bloß in Ruhe«, und sie zerrte ihre Bündel näher zu sich, ihr Gesicht schon nass vom Regen.

Und Rotraut ging. Es regnete jetzt stärker, und ein heftiger Wind riss Blätter von den Bäumen und warf sie klatschend auf den Weg.

SOLANGE MAN
BRAUCHT, UM EINEN
FISCH ZU ESSEN

Die Blechdosen mit den Blumen standen dicht zu-
sammengedrängt. Der junge Mann mit seinen schweren
Schuhen schritt behutsam zwischen ihnen hin und her
wie ein Seiltänzer.

Micha zeigte auf die Nelken, und er streckte sich zu
ihr hinüber, hob ein Bund aus dem Wasser heraus und
schüttelte es. »Alle«, sagte Micha und winkte mit beiden
Armen. »Alle.« Er verstand sie und wickelte den dicken
Strauß in feuchtes Zeitungspapier. Von ihrer ausgestreck-
ten Hand zählte er murmelnd die Münzen ab, seine Finger rot und ungelenk vor Kälte.

Es war noch hell auf dem Marktplatz, aber Micha be-
merkte voller Unruhe, wie viele Händler schon dabei
waren, ihre Waren zusammenzupacken. Der Abend kam.
Sie trug den weißen leuchtenden Strauß über den Platz.
Er hatte keinen Geruch, trotzdem streifte sie ab und zu
mit Kinn und Wange über die widerspenstigen Blüten.
Sie ging langsam, als könnte sie so den Abend aufhalten.
Die Glocken fingen an zu läuten, als sie in die Dämme-

rung des Kirchenschiffs eintauchte. Sie ließ sich treiben von den Menschen, die an ihr vorbeieilten, sie streiften, sie anstießen und weiterschoben. Eine Weile lehnte sie an einer Säule wie an einem Baum.

Frauen drängten sich um die Kerzenbündel auf den Eisenstufen. Die Flammen bogen sich im Luftzug hierhin und dorthin: ein bewegtes Unterholz aus Licht. Darüber im Rauch schwebte die kleine Madonna mit ihrem schwarzen Gesicht wie versengt. Micha stand eingekeilt zwischen den Frauen und hielt ihre Kerze und die Blumen an sich gedrückt, ohne zu wissen, wohin damit. Die Kerze hatte sie aus Deutschland mitgebracht, und jetzt schämte sie sich, weil sie so dick war und weiß wie fetter Speck. Niemand kümmerte sich um sie oder sah sie an, doch brachte sie es nicht fertig, noch näher heranzurücken. Neben ihr lagen Frauen ausgestreckt auf den Steinplatten, stöhnten und murmelten vor sich hin, andere knieten am eisernen Gitter und hielten sich mit beiden Händen fest, um ihr Gesicht an die Stäbe zu drücken. Es waren Frauen jeden Alters, Frauen mit Hüten und rotgeschminkten Lippen, Frauen mit wollenen Kopftüchern und schäbigen Mänteln, junge Mädchen mit stacheligen Haaren und pendelnden Ohrringen. Micha hätte sie gerne genau betrachtet. Sie wünschte sich, etwas in diesen Gesichtern zu finden, das auch sie ansteckte und mitriss. Vielleicht hätte sie von den Gesichtern dieser Frauen ablesen können, was sie untereinander verband und was hier für sie bereitgehalten wurde, denn das Summen und Klagen um sie her schloss sie nicht ein, sondern machte sie zum Gaffer, zum neugierigen Fremdling.

Viele Tage nun schon hatte sie ihren Kummer mit sich herumgetragen, um nun endlich ihr eigenes trauriges Gesicht vorzuweisen wie einen Passierschein. Hatte sie erwartet, hier etwas loszuwerden, abzuwerfen? Die Madonna war beschäftigt, hatte genug zu tun. Den Frauen hier, so schien ihr, ging es allen viel schlechter als ihr: Ein Mann hatte Micha verlassen, was kümmerte das die kleine Madonna. Sie hatte nichts damit zu schaffen. Der Mann hatte Micha verlassen. Was war das schon in einem Land, in dem alle Menschen ihr unglücklich schienen, müde, verfroren, hoffnungslos?

Auf der Straße blieb sie stehen, wandte sich dann um und trat noch einmal durch das Portal. Sie legte die Blumen rasch auf den Sockel irgendeines Heiligen im Hauptschiff. Sie berührte seine nackten geschnitzten Füße, um Abbitte zu tun für ihre Lieblosigkeit, denn sicher sah er ihr bis ins Herz. Das war das Demütigendste an ihrem Kummer, sie konnte das kleine Mädchen, das in ihr aufgetaucht war an jenem Abend, kaum noch im Zaum halten. Dieses kleine verlassene Mädchen hatte sich in ihr breitgemacht und nahm ihr alle Kraft. Es zwang sie, Dinge zu tun, die peinlich waren und sie beschämten. Sie musste die steinernen Löwen am Portal streicheln wie zwei Hunde. Sie musste weinen, als die Tauben in einer engen Spirale über dem Platz aufstiegen und eine Weile im wasserblauen Abendhimmel standen wie eine geheime Botschaft. Sie musste Kuchen kaufen, ein Stück trockenen Kuchen, mit buntem Zucker bestreut, der nach Rost schmeckte.

Das Geläute der Kirchenglocken folgte ihr über den

Platz. Sie stand eine Weile vor dem kleinen Palais, in dem die Konferenz stattgefunden hatte. In allen Räumen brannte Licht, und sie konnte die Glaslüster von den Decken hängen sehen, aber das bedeutete nichts, es waren keine Menschen mehr dort drinnen. Sie war als Allerletzte gegangen, hatte neben dem Hausmeister gestanden und zugesehen, wie er umständlich und wichtig mit den großen eisernen Schlüsseln hantierte.

Im Zug, vor ein paar Tagen, hatte sie im warmen Licht des Speisewagens gesessen und hinausgeschaut. Draußen unter dem Himmel, weiß wie beschlagenes Glas, klebten die kahlen Bäume flach an den Schneehängen, dahinter hoben sich die gepflügten Felder unter ihrer zerkratzten Glasur aus Frost. Niemand würde über diese Felder laufen, ohne zu stolpern, zu fallen. Micha sah sich da draußen durchs Gehölz rennen, ein erschöpfter Jäger in einer Wolke von verdampfender Wärme. Sie saß drinnen im gelben Licht des Abteils, das Brot in ihrer Hand, der Zuckerwürfel zwischen ihren Lippen hatten keine Bedeutung, waren nichts weiter als der Geschmack seiner Abwesenheit, dabei war er nicht wirklich abwesend, er reiste mit ihr. Er stand in der Menge, die auf dem Bahnhof wartete. Sie erkannte den Umriss seiner Schultern in den Schneewehen am Flussufer. Er war bei ihr, er war draußen und drinnen. Er war in jedem Bissen, den sie kaute. Er war da und er war nicht da. Er verwandelte alles. Der bewaldete Höhenzug, der auftauchte hinter dem kahlen Hügel, war ein gezahntes Messer, die Sonne, für Augenblicke sichtbar zwischen den Brückenpfeilern, ein winziger bittergelber Fisch, verfing sich in ihren Augen und machte sie blind. »Geh fort«, sagte sie, »geh fort«, und »komm her«, sagte sie. »Komm doch her.« Aber sie konnte ihm nichts befehlen, sie fühlte ihn schmerzlich in ihren Armen, eingebettet in ihre Hände, unsichtbar eingebrannt in die Haut unter ihrem Pullover. Das Glück, dachte sie, das Glück würde von nun an und für immer die Konsistenz seines Körpers haben, fest, glatt und salzig.

Im Museum war es dämmrig, obgleich überall die Lichter brannten. In jedem Raum, und es waren Räume, nicht größer als ihr Wohnzimmer, saß eine Frau auf einem einfachen Holzstuhl und hielt Wache. Schwerter und Helme füllten die Vitrinen, Sattelzeug und Fahnen, Gewehre und Kanonenkugeln. Micha las jedes einzelne der Schildchen, auf denen in roter Schrift, auf Englisch und Französisch, Auskunft gegeben wurde über Schlachten, über Siege und Niederlagen. Sie versuchte widerwillig, jeden Gegenstand genau zu betrachten. Schwerfällig ging sie von Raum zu Raum und fand in jedem eine neue Frau, die teilnahmslos zwischen den Lanzen und Bannern hockte, mit dem Rücken zu den polierten Tischen, auf denen gesiegelte Pergamente lagen, gepanzerte Handschuhe, verzierte Patronentaschen. Junge Frauen, die dasaßen und vor sich hin starrten, ohne sich zu rühren, Frauen mit unförmigen wollenen Mützen, die, vornübergebeugt, zu schlafen schienen. Eine rothaarige hagere mit gebeugtem Rücken, ging vor einem Gobelin auf und ab wie eine Schildwache. Ihr helles Profil mit der langen knochigen Nase durchteilte die Dämmerung zwischen den gestickten Ranken und Fabeltieren; ihre Schritte, eine harte langsame Melodie auf den hölzernen Dielen, ließen das Porzellan in den Vitrinen zittern: zartes elfenbeinfarbenes Porzellan mit Goldrand und Monogramm. Handgeformt, las Micha, kein Teller glich dem anderen. Lange beschaute sie die eleganten Schwanenhälse der Saucieren, die kunstvoll verschlungenen Weinblätter der Obstetagere. »For the romantic retreat.« Micha ging auf Zehenspitzen weiter.

Er hatte an jenem Abend die Kaffeetasse aufgehoben und mit der Hand umschlossen, als hielte er ein zerbrechliches Ei. Er hatte sie angesehen über den Tisch hinweg, ganz ruhig. Es war schon fast dunkel draußen, alles war schon gesagt, und alles, was er gesagt hatte, füllte die Küche wie ein Rudel bedrohlich gefleckter Tiere, und niemand konnte die mehr zurückpfeifen, auch er nicht. Die Tasse lag in seiner Hand, und Micha hatte den Kopf gesenkt, so sehr verletzt fühlte sie sich von der Zartheit, mit der er die Tasse hielt.

Später auf der Straße vor dem Museum kam ihr der Wind zwischen den Häusern entgegen und riss an ihrer Mütze. Schneeflocken schossen waagerecht an ihr vorbei und auf sie zu, als zielten sie auf ihre Augen. Die Schwerkraft galt nicht mehr. Sie zwang sich noch einmal, den ganzen Platz zu umrunden, die Schaufenster zu betrachten, die Straßenschilder zu lesen. Eine Weile fügte sie sich ein in die schleppende Prozession wartender Menschen vor einer Toreinfahrt, nur ungern ging sie weiter. Sie hätte gerne gefragt, worauf sie warteten. Sie zwang sich, alles um sie her genau zu betrachten. Sie wollte alles in Erinnerung behalten. Vor dem Buchladen buchstabierte sie fremde Titel in einer fremden Sprache und zählte die geschnitzten bunten Vögel, die zwischen den Büchern herumhockten, drei Wiedehopfe, zwei Störche, eine Eule, drei Tauben. War das ein böses Omen? Noch einmal vorbei an der Kirche, noch einmal das Palais mit seinen leuchtenden Fenstern, noch einmal durch die Arkaden, unter denen der Musikant auf seiner Ziehharmonika spielte. Jetzt war es genug. Sie bog in die Straße ein, die zu ihrem Hotel führen würde, die Wechselstube hatte noch geöffnet, vor der Bude mit dem Bernsteinschmuck standen Männer in zementbespritzten Kitteln und tranken Bier, ohne sich um den Wind zu kümmern, der den Rauch ihrer Zigaretten zerpflückte. Vor einem Bretterzaun, an dem raschelnd Plakate flatterten, musste Micha stehen bleiben und Atem holen. Sie erkannte die Straße nicht mehr, konnte sich auch nicht mehr daran erinnern, auf welcher Seite das Hotel lag und wie es hieß. Eine Weile ging sie dennoch trotzig weiter und sah an den Häusern hinauf, blieb an Hausecken stehen und prüfte Gassen und Winkel. Der Wind trieb sie in einen Hauseingang, aus dem ihr der modrige Atem eines unbewohnten verfallenen Gebäudes entgegenwehte, und hier, an die mit Brettern vernagelten Türflügel gelehnt, geriet sie in solch hilflose Angst, dass sie die Augen schloss. Sie versuchte, die Leuchtschrift des Hotels zu beschwören, ein magerer Rahmen aus blassroten Linien, zwischen denen schräg der Schriftzug stand. Schneeflocken wehten herein und fielen auf ihren Ärmel, überzogen ihre Tasche mit zartem Flaum.

Diese späten Nachmittage im Winter, wenn es früh

dunkel wurde und sie auf dem Heimweg von der Schule getrödelt hatte. Immer wanderte sie an den Hauswänden entlang, vorbei an den hell erleuchteten Fenstern fremder Wohnungen, in die sie achtlos hineinsah, um dann weiterzulaufen durch den blauen Abendschatten des Parks, zwischen den Baumstämmen durch und vorbei am beschneiten Spielplatz. Später kamen die Zäune. Das war ihr liebstes Stück des Weges. Mit dem Stock fuhr sie an den Stäben entlang. Das hässliche Geräusch hatte etwas Beruhigendes für sie. Immer hatte sie geglaubt, ihre Mutter käme nicht nach Hause, käme nie mehr nach Hause. Sie hatte Licht in der Küche gemacht und sich an den Tisch gesetzt. Am Rand der Frühstückstasse hing noch der rote Halbmond, dort, wo ihre Mutter getrunken hatte. Natürlich wusste sie, dass ihre Mutter wiederkommen würde, und wenn sie den Schlüssel in der Tür hörte, später, und das Geräusch, mit dem ihre Mutter die Schuhe von den Füßen schleuderte, auf der Truhe sitzend und noch im Mantel, vergaß sie ihre Angst und lief hinaus, um nachzusehen, was in den Tüten war, die die Mutter mitgebracht hatte. Aber schon am nächsten Abend lauerte das Haus wieder auf sie, feindlich, mit seiner Dunkelheit, die in den Ecken zusammenlief, mit den Vorhängen, die sich ausbeulten und zuckten, mit den Lampen, die ihr nicht gehorchten und sich weigerten, das helle Licht über sie zu breiten, das sie für den Augenblick bereithielten, wenn die Mutter das Haus betrat. Am besten war es noch in der Küche, dort zwischen den Spuren des gemeinsamen Frühstücks konnte sie sich einreden, dass die Mutter wiederkommen müsse, schon um das Geschirr zu spülen und das Brot zurück in den Brotkasten zu legen. Später kam der Moment, in dem die vertrauten Möbel und Geräte mit ihr zusammen die Hoffnung aufgaben und sich um Micha scharten, leblos und kalt, wie sie selbst sich fühlte. Nachts kroch sie ins Bett der Mutter und fragte sie, ob sie fortgehen würde, vielleicht morgen, vielleicht mit diesem Mann, der am Sonntag im Unterhemd den Ausguss reparierte und gebratenen Speck zum Frühstück verlangte, Eier und Bier. »Nie. Niemals. Um nichts in der Welt würde ich dich allein lassen.« So sprachen die Mütter in den Märchen. Das gefiel Micha. Ihr Misstrauen blieb. Und doch hatte sie der Mutter am Ende geglaubt.

Schnee fiel auf ihre Hände. Sie fühlte große Sehnsucht danach, die einzelnen Schneekristalle voneinander zu unterscheiden. Weiße Sterne, wie sie der Lehrer in der Schule an die Tafel gezeichnet hatte, schöne symmetrische Gebilde, Wunder der Ordnung. »Geh jetzt nach Hause«, sagte sie sich, und wirklich, ihre Füße trugen sie weiter über das Kopfsteinpflaster.

Einmal, und es musste Frühling gewesen sein, Schneehaufen mit schwarzen Rändern hatten neben den Straßenlaternen gelegen wie schmutziger Schaum. Und er, er hatte sich vor ihr auf die Straße geworfen, aufs Pflaster. Sie hatte ihn nicht kommen hören, er hatte sie auf weichen Sohlen überholt und sich aufs Pflaster gelegt, vor ihr, sich ausgestreckt, wie einer sich auf einer Wiese ausstreckt, und er hatte zu ihr aufgeblickt, mit zurückgelegtem Kopf und einem kleinen Lächeln. Ich hätte auf ihn treten sollen, dachte Micha. Ich hätte über ihn hinwegstampfen sollen. Sie hatte es nicht getan. Sie wusste, dass sie es auch jetzt nicht tun würde, dass sie es nie würde tun können. Sie sah ihn dort liegen, jetzt, vor sich, auf dem Kopfsteinpflaster im lockeren Schnee, und sie hockte sich nieder und berührte seine gespannte Kehle mit ihrer Nase, wie sie es manchmal getan hatte, wenn sie bei ihm stand, an ihn gelehnt. Sein Adamsapfel, der sich hob und senkte, wenn er trank in der Kneipe, an die Theke gedrängt, dicht vor ihr. Da lag er auf dem Pflaster, und sie hätte sich gerne neben ihm ausgestreckt, sich an ihn gefügt wie beim Einschlafen. Der Schnee, dachte sie, wird auf uns fallen und uns beide zudecken, aber da tauchte das Hotel auf mit seiner schwachroten Leuchtschrift zwischen dem Grau der Häuser, und der Portier in Livree wie aus einem alten Film geleitete sie in die abendlich trübe Empfangshalle, in der es nach künstlichem Tannenwald roch und nach Abendessen.

Die jungen Männer mit ihren schwarzen kurzen Jacken standen aufgereiht und unbeweglich im Speisesaal, vor dem langen Tisch, auf dem schon die Platten mit eingelegtem Fisch, Salat und Käse warteten, obgleich es noch früh am Abend war. Der Speisesaal schien verlassen, nur der Amerikaner, den Micha vom Frühstück kannte, saß mit seiner Zeitung in der Ecke an die Wand gelehnt, unter den kleinen Kristalllämpchen. Es war so dunkel in dem großen Saal, dass Micha sich umsah und sich verwirrt fragte, ob es so anfing, wenn man blind wurde. Sie setzte sich an einen Tisch und versuchte, das altbekannte wohlige Gefühl heraufzubeschwören, das sie auf Reisen liebte: Eine Frau in einem Restaurant in einer fremden Stadt studiert die Speisekarte und überlegt genau, was sie sich zu essen und zu trinken bestellen soll. Aber sie fühlte nur Müdigkeit und Lustlosigkeit. Der junge Kellner beugte sich tief über den Tisch, um zu verstehen, was sie ihm sagte, brachte ihr Tee und Brot und ging dann, um die Forelle zu bestellen. Micha wollte nicht essen, aber es graute ihr davor, die breite teppichbelegte Treppe hinaufzusteigen zu ihrem Zimmer. Dort, im Bett unter den schweren Decken und im blassen Lichtkreis der Nachttischlampe, fürchtete sie, von ihrem Angreifer übermannt zu werden, dort oben wartete er auf sie. Konturenlos, gesichtslos sickerte er herein durch den Spalt im Vorhang, löste sich aus den Obstgirlanden der Tapete, wucherte durch die Ritzen im Parkett. Die Blumensträuße, die sie sich gekauft und um ihr Bett gestellt hatte wie eine Hecke, hielten ihn nicht auf, das Buch in ihren Händen konnte ihn nicht bannen. Sie war ihm ausgeliefert.

Die Forelle stand vor ihr, schön gefleckt und zum Halbkreis gebogen, die Augen blind. Sie griff nach dem Besteck und begann, die weiche Haut am Rücken vom Nacken zum Schwanz einzuritzen, ganz aufmerksam war sie dabei, ganz beschäftigt wie ein Handwerker bei einer altvertrauten, aber komplizierten Arbeit. Solange ich den Fisch zerteile, bin ich sicher, dachte sie und ließ ihren Blick voller Zuneigung über die dampfenden Kartoffelschiffchen gehen, über die kleine Schüssel mit zerlassener Butter. Aber dann war er da. Micha hob den Kopf, und das Licht der Lampen zog sich in die Wände zurück wie versickerndes Wasser. Der Raum weitete sich und wurde unendlich, und dann, langsam und lautlos, begann der Schnee zu fallen, trieb in Streifen zwischen den gedeckten Tischen, überzog die dunklen Gestalten der Kellner wie Steinfiguren in einem Park, erreichte Micha. Eisluft legte sich um ihre Brust wie ein schneidendes Geschirr, presste den Atem aus ihrer Kehle, drückte die Rippen zusammen und ließ keinen Platz für ihr Herz. Ihre Arme wurden schwer und die Finger gefroren, und doch sah sie von weit oben verwundert, wie ihre Hände das Fischbesteck hielten und ihrer Arbeit nachgingen, ohne zu zittern. So werde ich sterben, dachte sie, hier an diesem Tisch sitzend mit dem Fischbesteck in den Händen und ohne einen Laut. War es Schmerz, was sie fühlte? Sie hatte keinen Namen für das, was sich ihrer bemächtigte. Es war jetzt laut, es zuckte blendend um sie her, gewalttätig, unausweichlich.

Ihre Hände zerteilten den Fisch, schoben sacht die abgezogene Haut beiseite, lösten die Gräten ab, hoben ihrem Mund glitzernde geriffelte Streifen Fischfleisch entgegen. Sie kaute. Butter floss in trägen Rinnsalen über die Kartoffeln. Die Zitronenscheibe ätzte ihre Zunge. Wein schwappte gegen ihren Gaumen. Sie ließ alles geschehen. Schweiß trat auf ihre Stirn, und ihr Herz zappelte wie ein erstickender Taucher, der sich aufgibt und langsam zum Grund sinkt. Ich werde mit dem Gesicht auf diesen Teller fallen, das Weinglas wird ganz träge kippen und vom Tisch rollen und auf dem Teppich liegen bleiben. Warum eigentlich nicht?

Am Nebentisch saßen drei Japaner um eine schneeweiße Suppenterrine. Sie hörte ihnen eine Weile zu, wie

man morgens noch halb im Schlaf Vogelstimmen zu-
hört. Einer erhob sich und sang mit hoher Stimme ein
kleines Lied, das kein Ende nehmen wollte. Seine Tisch-
genossen lächelten und warfen Micha verlegene Blicke
zu, ihre Gesichter unschuldig. Sie sah hinüber zu dem
alten amerikanischen Herrn, der seinen Schnauzbart rieb
und die Zeitung umblätterte. Auch er hatte nichts bemerkt. Der Kellner beugte sich über den Tisch und fragte
sie etwas. Sie nickte. Die laue Wärme und der Geruch
nach Haut und getragener Kleidung, die ihn umgaben,
erreichten Michas Gesicht. Sie sah seine rosige Hand
nach dem Teller greifen. Darauf lag ein Häufchen Haut
und ein sauberes filigranes Grätengerippe. Ich lebe noch,
dachte Micha, ich habe den Fisch gegessen, den Wein
getrunken. Sie suchte nach einer Zigarette, zündete sie
an, atmete tief. Jetzt erst hörte sie die Musik, die von
irgendwoher, aus einem Nebenraum, hereindrang. Sie
lehnte sich in ihren Stuhl zurück, um zu lauschen. Es
musste eine kleine Kapelle sein, vielleicht drei Leute,
nicht mehr. Eine Geige, ein Saxofon, eine Gitarre. Sie
spielten einen Walzer. Micha wandte den Kopf hinüber
und sah durch die altmodische Glasscheibe mit ihren
Raureifblumen und Ranken undeutlich umschlungene
Paare vorbeitanzen.

»A wedding.« Der alte Herr nickte ihr zu. Micha war
so müde, dass sie ihn viel zu lange anlächelte, und er
nutzte die Gelegenheit, um seinen Schnauzbart zurecht-
zustreifen und die Zeitung mit einem kleinen Knall zu-
sammenzufalten.

Zwei Männer mit schneebedeckten dunklen Hüten

trug, zwischen sich erhoben, eine Girlande durch den Speisesaal. Es war eine magere Kette aus weißen Blumen, Rosen und Margeriten, die bei jedem Schritt der beiden Träger zitterte und Blütenblätter verlor, die auf die Tische fielen.

Micha stand auf und setzte sich wieder hin, als der Kellner einen kleinen Teller mit einem winzigen Stück Torte auf ihren Tisch stellte.

»Wedding cake«, rief der alte Herr vom Nebentisch und hob seine Kuchengabel. Der Kuchen schmeckte nach Honig und Nelken. Micha schloss die Augen und behielt ihn lange auf der Zunge, ohne ihn zu schlucken.

STELLA

Seit Luise tot war, konnte Albert keinen Menschen mehr in seiner Nähe ertragen. Seine beiden Schwestern, die flüsternd in der kleinen Küche Kaffee filterten und Kuchenstücke auf Tellern arrangierten, um die Trauergäste zu bewirten, kamen ihm vor wie Eindringlinge. Er war aus der Küche gegangen und hatte sich zu den Nachbarn und Freunden an den Tisch gesetzt, ohne zu sprechen und ohne irgendjemanden anzuschauen. Alle sahen ihm das nach, er war frisch verwitwet. Da saß er zwischen ihnen wie früher als Kind, wenn seine Eltern sonntags Besuch hatten und er dabei sein musste. Er sagte sich immer wieder, lass sie bald gehen, lass es bald vorbei sein. Er hörte nicht, was sie ihm zum Abschied sagten, aber er ertrug geduldig ihre Berührungen, fühlte Hände auf seiner Schulter, seinem Kopf, unter seinem Kinn. Bald ist es vorbei, sagte er sich. Sie wollen dich trösten, du darfst sie nicht abschütteln. Luise hätte ihm dergleichen nie gestattet, Luise, die so sehr darauf achtete, niemandem wehzutun. Sogar die Wespen, die sie mit dem Staubtuch einfing und in die Freiheit entließ, wurden sorgsam behandelt.

Einmal, am Anfang ihrer Liebe, in dem kleinen schmutzigen Zimmer über dem griechischen Restaurant, hatte sie ihm nicht erlaubt, die große Küchenschabe zu zertreten, die unter ihrer Matratze hervorkam. »Ich hätte nicht mit dir schlafen wollen – nachher«, sagte sie, als hätte er fast einen Mord begangen. In ihren Augen wäre es ein Mord gewesen. Im Bus nach San Cristóbal hatte er einfach weggesehen, als der Indio mit den beiden hässlichen stachligen Eidechsen sich an ihnen vorbeigekämpft hatte. Er trug sie an den zusammengebundenen Schwänzen, und im Gedränge schlugen sie gegeneinander, zischten und zuckten. Luise beugte sich mit verzerrtem Gesicht weiter vor, um die Tiere besser zu sehen. Er glaubte, sie ekle sich so unmäßig vor ihnen, dass er fragte, ob sie aussteigen sollten. Aber Luise hatte ihm gar nicht zugehört. Sie hatte sich an ihm vorbeigezwängt, und er hatte sie schreien sehen und gestikulieren zwischen den Menschen, die nach Sitzplätzen suchten und ihre Taschen und Bündel verstauten. Sie kam zurück mit rotem Gesicht und heftig atmend.

»Was ist los?«, fragte er, bereit, sie zu verteidigen. Luise quetschte sich an ihm vorbei und setzte sich. Sie ließ den Kopf hängen.

»Ich wollte sie ihm abkaufen.«

»Um Himmels willen, wieso denn?«

»Er gibt sie nicht her.« Luise weinte und drückte ihr Gesicht ans Fenster, um ihre Tränen zu verbergen. Später im Hotelzimmer, unter dem träge kreisenden Ventilator, lagen sie nebeneinander auf dem Bett wie zwei Fremde, die sich ein Zimmer teilen müssen.

»Er hat ihnen die Beine gebrochen und die Krallen in ihren eigenen Körper festgehakt. Damit er sie herumtragen kann, verstehst du?«, schrie Luise plötzlich und setzte sich auf, und musterte ihn mit roten, vorwurfsvollen Augen. Warum musste sie immer solche Sachen sagen?

Sie hatten sich viele Reisen vorgenommen für die nächsten Jahre. Luise wollte nach Indien, aber Albert wollte mit Luise nach Lissabon, wo er als junger Mann in einer Sardinenfabrik gearbeitet hatte. Er wollte alles Mögliche machen, zum Beispiel einen Steingarten anlegen, vor dem Haus, um Luise zu beweisen, wie schön ein Steingarten sein konnte, wenn ein Könner wie er ihn entwarf. Albert war kein Künstler, obwohl er gerne einer geworden wäre. Er hatte in einer Spedition gearbeitet, die Kunst transportierte, sorgsam verpackte riesige Leinwände. Figuren in extra dafür angefertigten Kisten. Als junger Mann war er unruhig gewesen und abenteuerlustig. Er hatte Eisplastiken für elegante Tischdekorationen geschnitten und auf Volksfesten Hüte verkauft, die seine damalige Freundin aus Filz formte. Das war vor Luise gewesen. Wenn er an die Zeit dachte, sah er sich immer in einem Gewühl von Menschen, Hände streckten sich nach ihm aus, Körper stießen mit ihm zusammen, er roch den Atem aus fremden Mündern, fühlte fremde Wärme und Bewegung wie Flecken auf seiner Haut.

Nun bereitete es ihm eine leise Übelkeit, wenn er sich an dieses Treiben erinnerte. Er saß im Garten hinter dem Haus in dem kläglich knackenden Korbstuhl, den er einmal vergessen hatte, bei Regen unter die Veranda zu tragen, und ab da einfach stehen ließ. Er saß da, und nichts weiter. Das Grün des Gartens bedeutete ihm nichts. Der Himmel mit den Wolken war da, aber ohne Botschaft für ihn. Er sah auch die Blumen, Farbkissen, die im Wind schwankten und flimmerten, sie hatten ihm nichts zu sagen. Sogar seine Hand, eine blasse sommersprossige Hand, die ein Glas hielt und neben ihm auf der Armlehne des Korbstuhls abgelegt war, erschien ihm rätselhaft. Eine Wurzel? Ein Süßwasserhummer?

Luise hatte sich immer einen Hund gewünscht, aber er mochte Hunde nicht. Als Kind hatte er zugesehen, wie der Nachbar am Fluss auf einen Sack einprügelte, in dem sich etwas bewegte und fiepte, ehe er ihn über die Böschung ins Wasser warf. Er hatte geahnt, was in diesem Sack war, aber er war davor zurückgescheut, es sich genau vorzustellen. Er hatte den gefleckten Hund am Halsband festgehalten, weil der Nachbar ihn darum gebeten hatte. Der Hund wusste genau, was in dem Sack war, und gebärdete sich wie von Sinnen. Am Ende machte er sich von Albert los und sprang ins Wasser. Aber da war es schon zu spät, und Albert hatte sich in die Gänseblümchen neben dem Weg gekniet und sich übergeben. Nein, er konnte keine Hunde um sich haben. Er mochte sie einfach nicht. Trotzdem bemerkte er, sekundenlang, eine Bewegung im Grün und glaubte einen schwarzweißen Hund im Garten herumrennen zu sehen. Als sei das Grün ein Spielfeld auf dem Bildschirm und ein virtueller Hund tummele sich dort, der zu irgendeinem Spiel gehörte und der vorwärts und rückwärts bewegt werden konnte, oder weggeklickt.

Seit Luise tot war, kaufte Albert im Supermarkt ein, denn er hatte keine Lust, sich mit Herrn Busse vom Laden zu unterhalten. Er fuhr nur noch mit dem Fahrrad, auch weite Strecken wie die zum Friedhof, denn er hielt die Menschen in der U-Bahn nicht aus. Er ging nicht ans Telefon, und wenn jemand bei ihm klingelte, machte er nicht auf. Sogar die Vorstellung, zum Friseur zu gehen, bereitete ihm Beklemmungen, und er rasierte sich den Kopf mit dem kleinen Apparat, mit dem Luise ihm manchmal im Nacken die lockigen Haare ausgedünnt hatte.

Luise, die im Korbstuhl saß unter dem roten Sonnenschirm, der noch immer irgendwo herumliegen musste, Luise, die den Kopf nach hinten legte und sagte: »Ach, wie geht es uns gut.« Und er, Albert, reichte ihr einen Teller mit Tomatenscheiben, auf die er grobes Salz gestreut hatte und Basilikumblätter aus dem Kräuterbeet. Er wusste nun nicht mehr genau, wo das Beet war. Alle Pflanzen schienen um die Wette zu wachsen, seit Luise fort war, und Freund und Feind waren nicht mehr zu unterscheiden.

Seine Schwestern blieben hartnäckig. Wenn er nicht aufmachte, kamen sie ums Haus herum in den Garten, ohne sich um seine Unfreundlichkeit zu kümmern. Er konnte nichts von dem essen, was sie ihm mitgebracht und in der Küche aufgewärmt hatten. Sie saßen mit ihm im Garten unter dem roten Sonnenschirm, den sie gefunden und aufgestellt hatten. Auf dem runden Tischchen flogen Wespen um Teller und Gläser und ließen sich auf Kartoffelsalat und Würstchen nieder. Er erschlug die Wespen mit seinem ausgezogenen Schuh. Man musste sie erst mit einem Seitenhieb betäuben, und dann, wenn sie taumelten, konnte man sie zerquetschen. Es sah aus wie ein kleiner familiärer Imbiss im Garten, aber nichts stimmte. Die Gartenkulisse, Tisch und Essen, wie von Ausstattern zusammengetragen und aufgestellt. Alles war nur vorgetäuscht, und er sollte nun Albert sein, Albert, der mit seinen Schwestern zusammensaß und plauderte, an seinem Glas nippte, leise rülpste. Er konnte das nicht.

Es war ein besonders schlimmer Tag, und er ertrug es nicht, dass sie ihn beobachteten. Gilla, die jüngere, zwang ihn beim Abschied zu einer Umarmung. »Schatz, Albi, ich halt das nicht aus, sag doch, was ich tun soll.« Und dann hatte sie geweint, und er hatte alle Beherrschung gebraucht, um nicht laut loszubrüllen, so wütend machte ihn dieser Übergriff. Gegen Karolines Worte konnte er sich wappnen. Sie, die Kühle und Kluge, hatte die heulende Gilla zurückgepfiffen. »Albi, wir verstehen dich ja, aber glaubst du nicht, dass du Hilfe annehmen solltest, jedenfalls von einer neutralen professionellen Person. Ich lege dir da eine Karte auf den Kaminsims. Keiner zwingt dich.« Er hatte die Karte vergessen, natürlich. Am Nachmittag regnete es, und er wanderte so lange durch die Straßen, bis er Lust hatte, ins Bett zu gehen.

❖

Die Zeit verging unmerklich und rasch. Er konnte es am Zustand des Gartens ablesen und an der Länge seiner Haare und daran, dass er wieder Tee kaufen musste, und daran, dass seine Wut auf Luise immer größer wurde. Wie hatte sie ihm das antun können? Sie hatte zugelassen, dass der Tod sie einfach abholte wie ein neuer Liebhaber. Sie war mitgegangen und hatte ihn zurückgelassen. Das war grausam. Er hatte sich all die Jahre auf sie verlassen.

Das Schlimme an seiner steigenden Wut war, dass sie ihn ausschloss aus seinem einzigen Paradies, den Erinnerungen an Luise und an ihre Liebe. Er hatte keine zärtlichen Gedanken mehr an früher, er fand kein einziges Bild, keine tröstlichen warmen Momente zwischen ihnen, dabei sehnte er sich danach, ihr wenigstens für Augenblicke noch einmal in seinen Gedanken nahe zu kommen.

Er schlief nicht mehr. Nachts lief er im Haus herum und bebte vor Zorn. Teller zerbrachen in seiner Hand, er stolperte und stieß seine Zehen an der offenen Tür. Seine Haut fühlte sich zu eng an und trocken.

Eines Morgens, noch ehe es hell wurde, ging er hinaus in den Garten. Der Himmel, irisblau und zart, spannte sich über dem Haus wie eine luftige Kuppel. Es war ganz still, und er hörte sich atmen, als er auf der Terrasse stand, nackt, die Fäuste geballt und zornig. Er suchte fluchend nach der rostigen Sense und fand sie schließlich im Schuppen und auch den Schleifstein, den er im Gras nass machte, ehe er das Sensenblatt wetzte.

Das Gras stand kniehoch, Blumen und Unkraut wucherten, die kleinen Bäume hingen voller Tau. Es war unerträglich, wie die Natur ihr Grün hervorpresste, wie alles blühte, Früchte bildete, Samen hervorstieß, ekelhaft. Damit war nun Schluss. Er stand mit erhobener Sense mitten im tauschweren Gras. In der Mitte fing er an und mähte alles nieder, was da wuchs. Es gab ein sattes Geräusch, wenn die Sense durch die Stängel fuhr, es pfiff, wenn er auf Holz traf, Steine schrien auf, und er warf sie im Bogen in die Dunkelheit.

Er schwitzte und hörte sich keuchen. Er lockerte die Schultern, atmete tief, stand breitbeinig da und fand einen Rhythmus. Seine Bewegungen wurden weicher und eleganter, er konnte es spüren, seine Knie knickten ein wenig ein, seine Schwünge weiteten sich, seine Nase füllte sich mit dem Duft abgeschnittener Pflanzen. Grassaft und Kleeblätter klebten an seiner Wade.

Später legte er sich ins feuchte Gras, in die Mitte des Gartens, die Arme und Beine von sich gestreckt und außer Atem. Er sah den Morgenstern über dem Hausdach blass werden. Der Himmel färbte sich melonenfarben, und ein perlmuttenes Glänzen kündigte das erste Kommen des Lichts an.

Er lag ganz still und sah zu. Und dann hörte er die Amsel, und er wusste sofort, dass es eine Amsel war. Luise hatte ihn einmal zu seiner Empörung ganz früh geweckt, um ihm die Amsel auf dem Balkongitter vor ihrem Schlafzimmer zu zeigen. Einen schwarzen zerrupften Federball, der dort zitternd hockte und ohrenbetäubend laut sang, als wäre dies sein Balkon und sein Haus. Luise hatte ihn geküsst und gesagt: »Er singt: hier bin ich, hier bin ich, ich, ich, ich, ich.« Und er hatte bei Luise gelegen und Luise bei ihm, und ganz leise und langsam war er in sie eingedrungen zum Lied dieser seltsamen Stimme, der Stimme eines Tieres, dem es gleichgültig war, was dort drinnen zwischen den Menschen geschah.

Albert lag im Gras und lauschte der Amsel mit geschlossenen Augen und fühlte ihr Lied über sich hinwegspülen. Es war wie die Berührung einer sanften silbernen Zunge, die vertraut war mit verborgenen inneren Stellen, die er längst verloren und vergessen geglaubt hatte.

Da lag er im feuchten Gras und war nichts als ein Stück des Gartens, dazugehörig, ohne darüber nachdenken zu müssen. Und als wäre die Amsel ein Botschafter und hätte ihm mit ihrem Lied aus der alten in eine neue Welt geholfen, wunderte er sich nicht, als er leise Atemzüge auf seiner Wange fühlte, und erschrak auch nicht, als er die Augen öffnete und in ein weißes leuchtendes Gesicht sah, das sich über ihn beugte. Das war die weiße Katze aus dem Nachbarsgarten, ein riesiges Tier, das er oft mit kleinen Steinen vertrieben hatte, wenn es wie eine fette Wolke die schwärzlich grüne Dämmerung seiner Thujahecke störte. Nun aber, Auge in Auge mit ihm, erinnerte sie sich nicht mehr an seine Steinwürfe, sondern stieß ihn mit der Nase an, nur einmal, mit einem kleinen ungeduldigen Ton, der ihn zum Lächeln brachte, einem Lächeln, das in ein leises Lachen überging, als sie über ihn hinwegtrampelte, raue, warme Pfoten, die seine nackte Haut nur kurz belasteten.

Er war gestorben, nun wusste er es. Er lag tot in seinem Garten und befand sich in einer Art Zwischenwelt, die den Tieren gehörte und in die er nur hineingekommen war, weil er selbst unterwegs war ins Schattenreich und zu Luise.

Am Morgen in seinem Bett wunderte er sich, dass er noch am Leben war, aber er war nicht traurig darüber. Es war ihm peinlich, wie innig er ans Sterben gedacht hatte, und er schämte sich, als ihm einfiel, was er dem Garten angetan hatte. Er brachte es nicht über sich, hinauszusehen, und schloss die Rollladen.

Er packte eine kleine Tasche, um ans Meer zu fahren. Er spürte seine Schutzlosigkeit, als er im Zug glaubte, Luise durch die sich öffnende und schließende Tür im nächsten Abteil sitzen zu sehen, und als ihm bewusst wurde, dass ihm der Gedanke, dass er sie nie mehr sehen würde, noch gar nicht so richtig durch den Kopf gegangen war.

Sein Gesicht wurde taub und seine Augen brannten. Er glaubte, die beiden Frauen ihm gegenüber würden ihm sogleich ansehen, wie hilflos er sich fühlte, und ihn womöglich fragen, was er habe, warum er weine oder dergleichen. Sie würden mit ihm sprechen, als wäre er ein Kind, allein im Zug, verirrt, verloren. Denn genauso fühlte er sich. Aber die Frauen kümmerten sich nicht um ihn, nur der schwarz-weiße zottelige Hund, der zwischen den beiden am Boden hockte und jeden Bissen verfolgte, den sie von ihren Wurstsemmeln abbissen, nur dieser Hund wandte ihm plötzlich den Kopf zu und sah ihn an. Er sah ihm in die Augen, daran war kein Zweifel, er schloss dazu das Maul, als wollte er die Ernsthaftigkeit seines Blicks unterstreichen. Er sah Albert in die Augen, wie ihm seit vielen Monaten kein Wesen mehr in die Augen gesehen hatte. Diesem Blick konnte Albert nicht ausweichen. Er musste ihn ertragen. Schlimmer noch, er verstand, was dieser Blick ihm sagte:

Du leidest.

Der Zug wurde langsamer, Albert stand auf, drängte den Hund grob mit den Knien beiseite, nahm seine Tasche aus dem Netz und stieg aus. Er kannte die Stadt nicht, und das war ihm recht. Der Bahnhof sah aus, wie alle Bahnhöfe aussehen. Automaten, Zeitungsladen, Fahrpläne, Imbissstände, Blumenrondell. Er trat auf die Straße hinaus, überquerte sie und nahm ein Zimmer in dem Hotel, das dem Bahnhof gegenüberlag und unter einem Plastikbaldachin, als heiße es ihn willkommen, einen roten Teppich bis zum Randstein streckte.

Es gab, so las er in der Empfangshalle, einen Zoo in der Stadt, und er wollte dorthin, sofort und ohne auszupacken. Seit seiner Kindheit war er nicht mehr im Zoo gewesen. Er fand eingesperrte Tiere grauenhaft, das hatte er auch Luise entgegengehalten, die ihn immer wieder in den Zoo zu schleppen versucht hatte. Sie war dann manchmal ohne ihn gegangen, ein bisschen traurig, weil sie ihn, wie sie sagte, nicht verstehen konnte. Sie hatte vieles nicht verstanden, was ihn betraf, und er hatte das genossen. »Er ist ein Geheimniskrämer, das war

er schon als Kind«, sagten seine Schwestern zu Luise,
aber das stimmte nicht.

Da war der Seehund, der vor ihm auftauchte und ihm
aus schönen Augen entgegenblickte, der ihn an Luise erinnerte, ohne dass ihm das wehtat. Die Luft im Elefanten-
haus war würzig, und es gab Berge von glitzernden satt-
braunen Kotballen, die der Bulle mit erhobenem Schwanz
fallen ließ und in denen bald alle möglichen Vögel her-
umpickten. Der große Affe zeigte ihm seinen roten Hintern und fächelte sich dabei mit einem Zweig Luft zu.
Auch er roch scharf und wunderbar. Albert hatte diese
Gerüche vergessen und genoss sie jetzt erstaunlicherweise
wie damals an der Hand seiner Großmutter, die sich ein
nach Lavendel duftendes Tüchlein unter die Nase hielt.
Die Stachelschweine, im Graben des Nilpferdgeheges,
scharten sich zitternd um ein winziges rosa Stachel-
schweinbaby, vielleicht soeben geboren, Blut klebte an
seinen seidigen Härchen. Albert musste sich auf eine
Bank setzen, so ergreifend fand er diese Szene. Vielleicht
wurde er ja krank, etwas stimmte nicht mehr mit ihm.
Er fühlte sich ausgeliefert und gleichzeitig sehnsüchtig
glücklich. Er zwang sich zu gehen.

Der leere Speisesaal gefiel ihm, er genoss die Lämp-
chen mit dem rosa Schirm auf jedem Tisch, den Kellner,
der ihm Wein einschenkte und seinen Fisch zerlegte, den
Duft des Himbeerparfaits. In der Bar, an der er vorbei-
ging, saßen lauter Männer an der Theke, ohne miteinan-

der zu sprechen und ohne den Blick von ihren Gläsern zu wenden. Er hätte gerne noch etwas getrunken, fürchtete aber, das Gefühl der Ruhe zu verlieren, das beim Essen über ihn gekommen war. Er beglückwünschte sich zu dieser impulsiven Reise und zu dem Hotel, das sich ihm entgegengeschoben hatte, als er aus dem fremden Bahnhof trat, als hätte es auf ihn gewartet.

Luise war in einem Bus gestorben, am frühen Abend, es hatte geregnet. Der Bus war von der Straße abgekommen und eine Böschung hinuntergerollt. Albert hatte den Bus im Fernsehen liegen sehen, zwischen den Tannen und mit eingedrücktem Dach: Ein Spielzeug, das vom Tisch gefallen ist, aber nur sekundenlang. Das Bild löste sich auf, grausige Lichter blitzten, Menschen krabbelten am Hang hinauf und hinunter, Feuerwehrleute in vom Regen glänzenden schwarzen Pelerinen dicht an dicht, Polizisten, Sanitäter. Menschen wurden auf Tragbahren weggeschafft. Das waren keine Spielsachen. Er saß da und sah zu, ohne etwas zu denken, er wusste schon, dass Luise tot war. Jemand hatte ihn angerufen.

Seine Schwestern konnten nicht glauben, dass sie ohne ihn zu der Brücke fahren sollten, um Blumen hinzulegen, Blumen für Luise. Der Chor, in dem Luise gesungen hatte, wollte dort für die Toten singen. Sie waren zusammen unterwegs gewesen an diesem Abend im Regen. Zu einem »Sängerwettstreit«, hatte Luise gesagt. Er hatte sich nicht gemerkt, in welche Stadt. »Warum denke ich an den Sängerkrieg der Heidehasen?«, hatte er lächelnd gefragt, und sie hatte sich auf seinen Schoß fallen lassen und gesagt: »Weil du Hasen lächerlich findest und weil du uns lächerlich findest.« – »Ich mag Hasen«, hatte er geantwortet. »Gebraten!«, hatte Luise gerufen. »Dabei siehst du selbst aus wie ein Hase!«, und sie hatte ihn auf seine Ohren geküsst, von denen sie sagte, sie seien zu groß für seinen schmalen Kopf.

Der Bus war die Böschung hintergerollt. Albert lag im dunklen Hotelbett, die Fernbedienung in der Hand, blind vor dem bläulichen Bild. Er sah den Bus kippen und sah zu, wie sich dort Menschen übereinander- und ineinanderschoben. Er hatte sich noch nie erlaubt, darüber nachzudenken, wo Luise gewesen war, als der Bus von der Straße abkam. Er wollte das nicht wissen, aber nun konnte er es nicht mehr aufhalten, obgleich er die Augen schloss und es in seinen Ohren brauste, als müsste er gleich ohnmächtig werden. Er sah Luise da sitzen, er sah ihr Gesicht, riesig, das grelle Angstgesicht, das er kannte, lodernd ihr Schmerzgesicht, das er kannte, er sah es schmelzen, konnte nicht wegsehen, er sah ihren Körper hin und her gestoßen, hochgeschleudert, niedergedrückt, eingeklemmt, verstümmelt, zerquetscht. Er hörte sie wimmern. Es dauerte fort und fort. Andere Körper deckten sie zu, schlugen dumpf gegen die Fenster, Metall zerbarst und Glas.

Er musste aufgestanden sein, denn er fand sich vor der Kloschüssel kniend und würgend im dunklen Bad, die Fernbedienung noch in der Hand.

❖

Seinen Schwestern sagte er, er habe von Luise geträumt und sie habe ihm befohlen, einen Hund zu kaufen, ihr einen Hund zu kaufen, denn sie habe sich noch keineswegs von ihm, Albert, dem Haus und dem Garten gelöst, und dies werde, so habe sie gesagt, auch noch eine Weile dauern.

Er konnte an den Blicken, die sich die Schwestern zuwarfen, erkennen, dass sie beunruhigt waren. Die Ältere maß ihn mit ihren Apothekeraugen und fragte sich bestimmt, ob er verrückt geworden sei vor Kummer. Die Jüngere umarmte ihn und sagte etwas von »endlich loslassen, Luise gehen lassen«, aber Albert hörte gar nicht zu.

Er saß im Garten, der gerade anfing, sich zu erholen. Er sah einen Hund, mitten im neuen Grün stand er da und betrachtete ihn mit schiefgelegtem Kopf. Ein schwarz-weiß gefleckter zotteliger Kerl mit aufgestellten Ohren, die leicht umknickten, wenn er den Kopf schüttelte und mit seiner nervösen wolligen Rute durch die Luft fuhr. Zum ersten Mal begriff Albert, dass ein Hund für ihn immer nur so ausgesehen hatte. Es hatte nie ein anderes Hundebild in seinem Kopf gegeben als dieses – was war es, ein Hühnerhund? Er hatte keine Ahnung. Und wie hatte der Hund aus seinem Memory-Spiel ausgesehen, das er als Kind so geliebt hatte? Da saß er mitten im Garten, mit geschlossenen Augen, und ging die Bilderkärtchen durch, er wusste noch genau, wie sie sich anfühlten. War der Hund, sein Urhund auf der Memory-Karte, schwarz-weiß gefleckt gewesen? Er wusste es nicht. Er fand ihn nicht, aber er fand Stella. Die Stella von damals, die auf ihn zusprang und den kleinen Jungen umwarf mit ihrer Wiedersehensfreude, ihre Zunge in seinem Gesicht, ihr helles Gebell in seinen Ohren. Seine Stella, obwohl sie dem Nachbarn gehörte, war sie doch eigentlich, seit er denken konnte, seine Stella. Er saß im Garten, und die Erinnerung überschwemmte ihn. Er war noch einmal dieses Kind, das Stella zu ihrem Platz im Schuppen führte. Stella, die ihm zeigte, wo die Welpen versteckt waren, und für Augenblicke fühlte er noch einmal das süße Gewicht der kleinen dickbäuchigen Hunde, auch sie schwarz-weiß, blind noch, mit rosa Schnäuzchen und diesem heißen scharfen Geruch, Welpengeruch, der den ganzen Schuppen erfüllte, und da war Stella, auf einem Nest aus Kartoffelsäcken um ihre Kinder gelegt, und musterte ihn aufmerksam, ganz ernst mit einem Mal und mager, nur ihre Pfoten durfte er anfassen. Nichts hatte er sich damals sehnlicher gewünscht als einen von Stellas Welpen, aber bei ihm zu Hause wollten sie keinen Hund.

Er stieg aufs Rad und schaute hinauf zu Luises Fenster. Fast hätte er nach ihr gerufen. Aber das brauchte er nicht. Er wusste, was sie wollte.

EXIL

Solange ich ihn in meiner Wohnung hatte, in der
Nische zwischen Fenster und Schrank, ging alles gut.
Meine Wohnung ist nicht sehr groß, und ich musste die
Möbel immer enger zusammenschieben, je mehr Platz
wir brauchten. Schließlich konnte das Sofa nicht mehr
bleiben, und ich habe es an den jungen Pizzabäcker von
nebenan verkauft.

Natürlich verlangt er Platz, viel Platz, für Blumen und
Opfergaben und Kerzen und Räucherwerk und dann die
Steinplatte für die toten Tiere. Er konnte nicht bleiben.
Eingepfercht in meiner Wohnung. Ich habe mich sehr
bemüht, aber es ging nicht mehr. Er musste ins Freie, in
den offenen Raum. Sein Abbild allein ist ja nicht groß,
und ich verstand sofort, dass er woandershin wollte,
dorthin, wo ihn alle sehen konnten, dorthin, wo das
Leben pulsierte. Er wollte in diese Wandöffnung, die
entstanden war, als sie die Seifenfabrik abgerissen haben,
direkt neben dem baufälligen Torbogen, durch den man
zum neuen Baumarkt kommt. Er passte genau in die
Höhlung zwischen den freigelegten Ziegeln. Ich legte
Blätter unter ihn und Blumen um ihn herum. Ein paar

seiner verkrusteten Außenschichten brachen auf und rieselten wie Rostflocken hinunter auf den Bürgersteig. Ein gutes Zeichen.

Noch ist Sommer, und es ist leicht, tote Tauben zu finden und überfahrene Katzen. Noch ist es auch leicht, abends in den Parks Blumen zu sammeln. Die Kerzen nehme ich mir vom Ladentisch. Er wird es den Leuten danken auf seine Weise. Alles könnte gut sein, aber wenn ich abends von der Arbeit komme, sehe ich, dass die Dosen mit Wasser umgeworfen sind, die Blumen verwelkt, die beiden toten Spatzen liegen im Müll. Sie tragen noch ihre roten Opferbändchen. Ihn haben sie nicht gewagt zu berühren, vielleicht haben sie ihn nicht bemerkt, dort in der Höhlung zwischen den Ziegelsteinen. Er zürnt, und ich grüble die ganze Nacht darüber nach, wie ich ihn versöhne. Vielleicht ein Blutopfer. Mein Blut fürs Erste. Aber das wird ihm nicht reichen.

Mein Nachbar der Pizzabäcker kommt am Morgen und sagt mir verlegen, man spreche im Viertel über mich, man halte mich für verrückt. Er sagt »pazzo« und berührt seine Stirn. Vielleicht sollte ich seinen Altar woandershin bringen. Ich denke an den Park, an einen hohlen Baum, aber er will dort bleiben, wo er ist. Mein Ansinnen erregt seinen Zorn. Ich werde heute Abend im Tierheim einen Hasen kaufen. Er liebt Hasen. Schwarze Hasen. Ich weiß das.

Die alte Frau im Milchladen spricht nicht mehr mit mir, sie starrt mich an aus ängstlichen Habichtsaugen. Die beiden jungen Frauen mit den Kinderwagen wechseln die Straßenseite, wenn sie mich kommen sehen. Der rothaarige Junge von gegenüber versucht seinen Hund auf mich zu hetzen, aber der lächelt mir nur hündisch zu. Er, wie alle Tiere, weiß, wer unser Herr ist, und dass ich der erste Diener dieses Herrn bin.

Gestern Nacht hat jemand bei mir Sturm geläutet. Mein junger Nachbar sagt, es sei ein Polizist gewesen. Ich werde drei Tage fasten. Ich werde im Schutz der Dunkelheit zu ihm gehen und werde ihn mit Milch und Honig übergießen und anderen Sachen, die er liebt. Sein Zorn wird bleiben. Ich kann fühlen, wie er schwärzlich durch jede Pore in meinen Körper dringt. »Was soll ich tun?«, werde ich ihn fragen, und er wird es mir sagen. Er ist furchtbar in seinem Zorn. Ich muss ihm gehorchen. Wir alle müssen ihm gehorchen.

DIE TOTE IM PARK

Ich sitze hier jeden Tag, wenn das Wetter schön ist. Hier auf der Bank am Rande der Hundewiese. Seit Mama nicht mehr dabei ist, sitze ich hier, wann und solange ich Lust habe, manchmal bis es dunkel wird. Mamas Rollstuhl habe ich verschenkt. Wir haben noch gemeinsam ausgesucht, wer ihn kriegt. Wir wussten genau, wer. Mama und ich haben uns immer die Leute genau angeschaut, die hier vorbeikamen. Viele haben wir jeden Tag gesehen. Die Hunde und ihre Besitzer sowieso. Hunde sind Traditionalisten, die wollen immer an derselben Stelle nachsehen, wer da schon vor ihnen war. »Hundezeitung« nannte das meine Mama. Sie suchte immer heimlich nach einem Mann für mich, als wollte sie mich nicht allein zurücklassen. Mir gefiel Pitje, der rundliche rothaarige Mann vom Kiosk, aber der hatte schon eine Frau. Mama mochte ihn nie, ich weiß nicht, warum.

Abends, wenn ich nach Hause komme und mir was zu essen koche, stelle ich Mamas Foto auf den Tisch und rede mit ihr. Nichts hat sich verändert, noch immer mischt sie sich in alles ein. So ist sie nun mal.

Diesen Mann haben wir schon öfter beobachtet. Wir nannten ihn den »Eisvogel«, denn er hat eine vorspringende Nase und immer diesen leuchtenden blauen Schal um, im Sommer wie im Winter. Er hat auch Eisaugen, finde ich. So einen kalten Blick. Mama fand, er sehe gut aus. »Mir graut vor ihm. Ich weiß nicht, warum«, sagte ich. Mama lachte. »Du hast Angst vor Männern«, sagte sie. »Vor gut aussehenden Männern.« So war sie eben.

Als sie die tote Frau gefunden haben, nackt und verscharrt unter einem Laubhaufen vom letzten Jahr, direkt hinter dem Kiosk, wusste ich sofort, wer das getan hatte. Sie war erwürgt worden mit einem blauen Schal. Das stand in der Zeitung.

Mittags, als ich meinen Kaffee trinke am Kiosk, unterhalte ich mich mit Pitje, dem der Kiosk gehört. Er ist sehr blass und müde, weil so viele Leute bei ihm Kaffee trinken wollen, um sich den Laubhaufen anzusehen und den Baum, unter dem die Frau gelegen hat. Der Laubhaufen ist natürlich nicht mehr da. Ein Hund hat die tote Frau gefunden, man weiß nicht, wer sie ist. Ich sah ihr Bild in der Zeitung. Man konnte sehen, dass sie tot war, obwohl sie ihr die Haare gekämmt und die Lippen rot gemalt hatten. Der Hund, ein Foxl, gehört einer jungen Frau, die bei einer Versicherung arbeitet. Sie erzählte mir, ihr Burschi habe so seltsame Töne von sich gegeben beim Graben, und dann habe sie diese fürchterliche weiße Hand gesehen, zwischen den Blättern.

Pitje weint, als ich an diesem Nachmittag Tee trinke bei ihm.

Ich habe den Park gemieden für ein paar Tage. Die Reporter sind fort. Pitje ist allein im Kiosk. Mein Tee ist lauwarm und schwach. Seine Tränen fallen in seinen eigenen Tee. »Die arme Frau«, sagt er. »Die arme Frau. So ein fürchterlicher Tod. Keine Luft mehr. Nein.« Ich habe Pitje noch nie so gesehen. Er ist sonst immer so fröhlich. Immer erzählt er von seiner Frau Marlies. Zeigt einem die Sachen, die sie ihm kocht zum Mittagessen und in einer Wärmekanne mitgibt, zeigt einem die lustigen Pullover, die sie ihm strickt. Mit springenden Elchen. Zeigt einem die Blumensträußchen, die sie ihm mitgibt für die Theke, die Serviettchen, die Eieruhr in Form einer Lok. Ich habe Marlies noch nie gesehen.

»Was sagt denn Marlies dazu?«, frage ich ihn, um ihn abzulenken. Aber er schluchzt nur umso heftiger und schnäuzt sich die Nase dazwischen. Auf der Bank ist es heute ganz warm in der Sonne. Es wird Frühling. Ich sitze eine Weile da und überlege, ob ich der Polizei einen Tipp geben soll. Mama findet das nicht gut. Und da lasse ich es.

Ich sehe den Eisaugenmann durch die Allee kommen. Es ist ein kühler, windiger Tag. Ich erkenne ihn gleich an der Art, wie er den Kopf hält, so als zöge die große Nase ihn etwas nach vorn und er müsste das ausbalancieren. Ich erkenne ihn sofort, obwohl er keinen Schal trägt. Er kommt langsam heran und mustert mich mit diesem blauen Blick, der mir das Blut gefrieren lässt. Er zögert.

Er setzt sich zu mir auf die Bank. Nickt mir zu. Lässt dann den Kopf hängen und sitzt einfach nur da.

»Wo ist Ihr schöner Schal?«, frage ich mit gepresster Stimme.

»Verloren«, sagt er und hebt nicht den Kopf.

»Seit wann?«, frage ich.

Nun mustert er mich erstaunt.

»Seit einer Ewigkeit«, sagt er, steht auf und geht weiter den Weg entlang. Fort.

Es regnet ein bisschen, ganz leise nur. Pitje will nicht reden über die tote Frau. Er putzt seinen Wurstgrill und ist fast unhöflich kurz zu mir. Er will auch nicht von Marlies reden. Er sagt nur sehr knapp, Suppe sei aus. Er wolle ein paar Tage schließen, sagt er. Das ist unerhört. Das ist noch nie da gewesen.

»Ein bisschen Urlaub mit Marlies?«, frage ich, bemüht, ihn aufzulockern.

Pitje fährt herum und schaut mich an, als ob er mich nicht erkennt.

»Herrje. Ich hab euch alle satt«, flüstert er.

Ich gehe.

Wieso fragt niemand den Mann, wo sein Schal ist? Ich habe mir seine Hände angeschaut. Sie sind groß und kräftig. Gewalttätig, würde ich sagen.

Diesmal kommt er von der Straßenbahnhaltestelle her. Er setzt sich wieder einfach neben mich, womöglich will er sich erleichtern und beichten. Womöglich will er herausfinden, ob ich etwas weiß. Womöglich hat er mich als nächstes Opfer ausgesucht. Ich verhalte mich still. Ich sehe, wie er jede Frau, die vorbeigeht, genau mustert. Ihr mit den Augen folgt. Wie sein Mund dabei zuckt, seine Kiefer mahlen, seine Finger zucken. Ich lese in ihm wie in einem Buch.

»Haben Sie die Frau gekannt?« Ich zeige mit dem Kinn hinüber zum Kiosk.

»Nein«, sagt er. »Und Sie?«

So eine Frechheit.

»Ich dachte nur. Sie studieren alle Frauen, die vorbeigehen, so genau.«

»Tu ich das?« Der blaue schreckliche Blick trifft mich voll, dann lässt er seine Lider herunter wie zwei Rollos.

»Das kommt vielleicht davon, dass man sich so allein fühlt, im Frühling«, sagt er.

Oho, denke ich, daher weht der Wind, aber so einfach geht das nicht bei mir.

Ich esse Kartoffeln und Quark. Mama sieht zu und sagt: »Wieso kein Schnittlauch?« Und ich sage: »Vergessen!« – »Die Polizei tappt im Dunkeln«, sage ich. Und »Der Eisvogel schaut den Frauen nach wie ein Raubvogel den Tauben« und »Hab keine Angst, Mama, ich pass schon auf mich auf.« Und ich sehe, dass Mama lächelt über mich. So ist sie eben.

Ich gehe ihm nach, dem Eisvogel. Ich steige in den hinteren Wagen der Straßenbahn. Ich steige aus, wo er aussteigt. Er geht in die Stadtbücherei. Ich sehe ihn mit einem Stapel Bücher am Tisch sitzen. Er macht sich

Notizen. Ich gehe hinter ihm vorbei und schaue, was er da für Bücher hat. Eines ist aufgeschlagen. Ich sehe ein rundes Bild, das aussieht wie eine Presssackscheibe, aber nicht mit Schinken- und Schwartenstückchen darin, sondern mit lauter nackten Frauen gefüllt. Ich sehe ein anderes mit einer nackten weißhäutigen Frau, die vor einem Mann kniet und ihn mit ausgestrecktem Arm am Bart kitzelt. Was schaut er sich da an? Was schreibt er da auf? Er bemerkt mich nicht.

In der Zeitung steht, dass sie eine Spur haben. Der Eismann kommt nicht mehr in den Park. Pitjes Kiosk ist geschlossen.

Ich schlafe schlecht. Ich habe schlimme Träume. Das heißt, eigentlich sind sie schön. Ich liege in einem dunkelblauen Zimmer in den Armen eines dunkelblauen Mannes. Ich schmecke seine Zunge. Meine Schenkel öffnen sich für ihn. Ich spüre ihn. Ich wache verschwitzt auf und trinke Wasser. Ich will wieder einschlafen. Ich will wieder zurück in das dunkelblaue Zimmer.

Nachts hole ich Cola an der Tankstelle. Ich sehe Pitje, der aus einem Lokal kommt. Er torkelt, und eine junge Frau in jaguargefleckten Hosen und mohnrotem Schopf lehnt ihn vorsorglich an die Wand und spricht in ihr Handy. Marlies ist das nicht. Er hat mir erzählt, Marlies sei klein und rund. Sie habe blond gelockte Haare wie ich, genau wie ich. Vielleicht habe ich mich getäuscht, und es war gar nicht Pitje. Ist auch nicht seine Gegend hier.

Nachts hole ich mir Currywurst und stoße an der Bushaltestelle mit Eisauge zusammen. Auch er hat eine Wurst gekauft. Er sagt, er wolle mich nach Hause begleiten. Ich will das nicht. Er geht einfach neben mir her und isst seine Wurst. Mir graut plötzlich vor dem Geruch von Curry, und ich esse meine Wurst nicht, sondern lasse sie fallen. Was soll ich jetzt tun? Er ist riesengroß, fast doppelt so groß wie ich. Ich bin verloren. Mama sagt, ich soll ganz gelassen bleiben. Mit ihm sprechen. Ihn ablenken. Ihn zum Lachen bringen. Sie hat gut reden.

»Was wollen Sie eigentlich von mir«, sage ich. Ich kann einfach nicht anders.

»Sie beschützen«, sagt er und lacht albern, »vor bösen schwarzen Männern, die hinter Abfallbehältern lauern.«

»Ich kann auf mich selber aufpassen«, sage ich. Er lacht.

»Und«, sagt er, »Sie gefallen mir. Ich mag herbe Frauen. Sie sehen aus wie eine Präraffaelitin.«

»Was ist das?«

Er lacht. »England, 19. Jahrhundert.« So ein Idiot.

Er verstellt mir den Weg. Hebt die Hände. Ich warte nicht, bis er mich packt. Ich ducke mich unter seinem Arm durch und laufe, so schnell ich kann.

Morgens, als ich Mamas Rente abhole, überlege ich, ob ich vielleicht ein bisschen verreisen sollte. Täte mir gut. Ich war bei der Polizei. Sie sagen, sie können nur was unternehmen, wenn er mich wirklich würgt. Sie wollen mir den blauen Schal nicht zeigen, mit dem die Frau erwürgt worden ist. Ich glaube, sie denken, ich bin verrückt. Ich frage sie, was sich im Kioskmord sonst noch ergeben habe, aber sie wollen nichts sagen.

Pitje kommt durch die Allee und über die Wiese. Er setzt sich zu mir auf die Bank. Er ist blass. Er sieht fürchterlich aus.

»Wie geht es dir?«, frage ich.

»Schlecht.«

»Was ist los?«

»Weiß nicht.«

»Machst du wieder auf?«

»Vielleicht.«

»Hast du Probleme?«

»Ja.«

»Willst du reden?«

»Nein …, das heißt, nein.«

»Geld?«

»Ach nee.«

»Alkohol?«

»Wieso das?« Dabei riecht er nach Schnaps.

»Liebe?«

»Ja.«

Ich sage nichts, sondern lass ihn kommen. Und er kommt.

»Marlies ist fort«, schluchzt er, und er legt seinen Kopf auf meinen Schoß. Das ist mir nun gar nicht recht, aber er tut mir leid.

»Steh jetzt auf und geh nach Hause«, sagt Mama, es fängt an, dunkel zu werden, und Pitjes Kopf ist erstaunlich schwer.

»Bleib so«, nuschelt er. »Bleib so.« Und er schnupft ein bisschen.

Ich sehe eine Gestalt durch die Allee kommen. Ich erkenne ihn sofort, den Eismann. Er sieht uns nicht. Er geht zum Kiosk und rüttelt an den geschlossenen Fensterläden. Dann bleibt er lange unter dem Baum stehen, dort, wo der Laubhaufen war, dort, wo die Frau lag. Wenn das kein Zeichen ist.

Pitje will mit mir nach Hause. Ich soll ihm was kochen. Ich habe einfach nicht die Kraft, ihn abzuweisen. Er weint den ganzen Heimweg. Er will nicht reden. Bei mir zu Hause legt er sich aufs Sofa.

»Koch was!«, sagt er gebieterisch und schaut mich so rotäugig an. »Koch was! Na, was ist?«

Plötzlich finde ich es fürchterlich eng mit ihm in einem Zimmer, und ich gehe in die Küche und sage: »Mama, was koche ich?« Und sie sagt: »Wirf ihn raus.« Und ich sage: »Also, was koche ich ihm?« Und sie sagt: »Hau ab. Jetzt sofort, solange es noch geht.« Ich wundere mich über sie. Ich mache Spaghetti mit Tomatensauce, und er isst sie und trinkt den ganzen Wein, den ich noch habe. Er sitzt am Tisch, er sagt nichts und schaufelt Spaghetti in sich hinein, und seine Augen sind voller Vorwurf. Manchmal muss er losheulen, und Tomatensauce läuft aus seiner Nase. Ich finde ihn ekelhaft und kann nichts essen, aber ich sitze da wie gelähmt, und er lässt mich nicht aus den Augen. »Es tut so weh, so weh«, winselt er. »Hier«, er klopft auf seine Brust. »Diese gemeine Sau, diese Sau, diese Mistsau«, und er weint. »Du musst jetzt mit mir schlafen, ich brauche das«, sagt er. »Komm her. Mach jetzt keinen Fehler. Das muss sein. Ich kann nicht mehr.«

Jetzt bin ich auf den Beinen, und wir tanzen ein bisschen um den Tisch. Er schwitzt, ich kann es riechen. Ich schwitze auch, vor Angst. Ich kriege kaum Luft. Ich will zur Tür, aber das weiß er und lässt mich nicht aus der Ecke, und dann hat er mich und packt mich an den Haaren und wirft mich gegen die Wand, mit aller Kraft, und er hat viel Kraft. Er ist jetzt wütend. Ich höre ihn keuchen. »So kommst du mir nicht davon«, schreit er. »Du Hure, du Saustück. Ich mach dich kalt. Frag Marlies. Ich hasse euch Weiber.« Ich schmecke Blut im Mund, und ich mache mich schlaff und lasse mich auf den Boden rutschen und schreie. Er schlägt nach mir. Ich sehe seine Hand kommen und ich sehe Sterne. Wirklich Sterne, hell wie Wunderkerzen. Er packt mich an den Haaren und zerrt mich aus der Küche auf den Gang, er will ins Schlafzimmer. »Wenn wir erst im Bett sind, Süße, wird alles gut«, flüstert er und küsst mich, wo er gerade hintrifft. »Du wirst sehen, Marlies, meine Liebste, meine Allerliebste. Marlies – du mein Schatz. Ich will dich so. Ich brauch dich so. Hier. Fühl doch!!« Aber ich brauche die Hände dazu, mich irgendwo festzuhalten, wo es gerade geht. Am Tischbein, am Teppich, am Türrahmen. Ich schreie, auch wenn er mich schlägt. Ich spüre keinen Schmerz, nur Wut. Es klingelt. Ja, es klingelt. »Hilfe!«, schreie ich. »Hilfe. Schnell!« Pitje ist nicht schnell genug. Sein nächster Schlag trifft meinen Kopf, der Teppich kommt auf mich zu. Fleckerlteppich in Blau und Grün.

Die Tür ist hin. Er hat sie mit dem Fuß eingetreten, mein Retter. Er sitzt am Tisch und trinkt Tee. Pitje ist ihm entschlüpft, natürlich. Er hat seinen blöden Blumenstrauß hochgehalten, um ihn zu schützen. Einen Strauß für mich. Wir waren bei der Polizei. Sie suchen Pitje. Ich habe ihnen gesagt, sie sollten nach Marlies, seiner Frau, suchen, ich glaube, das war die unterm Laub. Diesmal haben sie mich ernst genommen. Vielleicht, weil er dabei war. Dieser Riesenmann mit den nüchternen blauen Augen. Wir waren auch in der Apotheke, und ich habe überall Pflaster und bin rotgesprenkelt vom Desinfizieren.

Da sitzt er und trinkt Tee. Ich trinke auch Tee, und jetzt heule ich. Ich heule und heule, und dieser Mann sitzt da und lässt mich heulen. Sitzt einfach nur da und hält meine Hand, mehr nicht. Ab und zu nickt er und schenkt mir Tee ein mit der freien Hand und tut Zucker rein und Milch und rührt um. Mama hat's die Sprache verschlagen. Und das ist gut so.

Pitje hat Marlies erwürgt, weil sie ihn verlassen wollte, das steht in der Zeitung.

Ich gehe jetzt nicht mehr in den Park. Ich packe Mamas Bild in die Wäschekommode. Ich fange wieder an zu arbeiten, so wie vor Mamas Krankheit. In der Gärtnerei. Ich melde die Rente ab. Ich sitze nicht mehr Tag für Tag auf der Bank an der Hundewiese. Mir fehlt die Sonne und das Grün der Bäume, aber am meisten fehlen mir die Hunde. Ich gehe in die Stadtbücherei und schaue mir das Buch an. Der Maler heißt Ingres, und es gefällt mir, wie er die Haut der Frauen malt. Die freundliche Bibliothekarin zeigt mir auch ein Buch von den Präraffaeliten. Da gibt es wunderschöne Frauen mit üppigen lockigen Mähnen.

Ich suche nach ihm, aber er lässt sich nicht finden. Ich kann ihn nicht finden. Und dann findet er mich, und er kommt am Nachmittag in die Gärtnerei, um Blumen zu kaufen. Für mich, sagt er.

Zu Hause stelle ich sie ins Wasser. Löwenmäulchen, samtig, dunkelrot, fast schwarz. Er sagt, er sei schüchtern und ob ich auch so schüchtern wäre, er wünsche sich das, und ich sage ja. Er sagt, er sei so allein, ob ich auch so allein sei, er wünsche sich das, und ich sage, ja. Er sagt, er würde so gerne neben mir liegen und mich spüren, ob ich das auch gerne wolle, und ich sage, ja.

Ich habe ganz vergessen, wie das ist, mit einem Mann im Bett zu liegen, aber es fällt mir sehr schnell wieder ein. Es sei wie Radfahren, sagt er. Man würde es nie verlernen. Ich finde, es ist wie schwimmen. Diese wunderbare Bläue, und wie man atmet dabei, wie man alle Glieder streckt, ein bleicher Seestern, und wie das Wasser auf einem lastet und einen streichelt, so sanft überall am Körper, und später dann diese Brandung, die einen packt und hin und her wirft und so laut, so laut in den Ohren ist, und Salz auf der Zunge und man selbst ganz blind wie ein Taucher in großer Tiefe. Und dann, wenn man auftaucht und wieder hochschnellt, hinauf, hinauf an die Oberfläche, und man fühlt die Sonne im Gesicht wie warmes Gold.

Er fühlt es auch. Seine Augen schmelzen. Ich kann zusehen.

SCHNEEHUNDE

Lennard ging zur Behandlung – Fußzonenreflex-massage, wie fast jeden Morgen. Es tat ihm gut. Er hatte vergessen, die frischen Socken anzuziehen, die Lotte ihm zurechtgelegt hatte. Lotte im Nachthemd betrachtete die beiden weißen Schläuche auf dem Badezimmerhocker mit grimmigem Triumph. Auch keine nassen Fußspuren waren zu sehen. Er hatte sich überhaupt nicht gewaschen. Wusch er sich dort oder wünschte man dort, wo er um acht Uhr morgens hinschlich, dass er seinen Nachtgeruch mitbrachte?

Lotte schenkte sich den restlichen Kaffee in seine Tasse und begann, die Äpfel für den Kuchen zu schälen. Es war kühl in der Küche, und sie rieb ihre nackten Füße aneinander und lauschte dem eigenartig trockenen Wispern. »Hornhäute«, sagte sie laut und lachte. Sie wusste, wo Lennards Füße jetzt waren. Sie ragten aus Ruths Bett, dem Bett mit dem falschen Himmel aus geblümten Plastikbahnen. Sie selbst hatte Ruth dabei geholfen, die Bahnen aufzuhängen, es tropfte bei ihr von der Decke, wenn es regnete oder wenn wie jetzt der Schnee taute. Ruth war ihre Freundin seit der gemeinsamen Zeit beim

Jugendtheater vor vielen Jahren. Ruth hatte die Kostüme genäht und manchmal auch die Kulissen bemalt. Die kleine Bühne mit den knarrenden Brettern, auf der sie getanzt hatte, als Fliegenpilz verkleidet, als Glühwürmchen, als Eichhörnchen. Dann hatte sie Lennard geheiratet, und Ruth hatte einen Schneiderladen in der Kanalstraße aufgemacht. Das Hochzeitskleid mit dem bestickten Bolero war ihr viel zu groß gewesen.

Lotte schlug drei Eier in den Mehlberg und holte die Butter aus dem Eisschrank. Lennard hatte damals als Makler gearbeitet, dann als Arzneimittelvertreter, dann als Versicherungsagent. Ein langer sehniger Mann mit einem bedeutenden schweren Haupt, das sich unter dem Gewicht der schwarzen Locken und der dicken Brille nach vorn zu neigen schien.

In diesen interessanten Kopf hatte sie sich verliebt. Er sah aus, als stecke Geheimes und Überraschendes hinter dieser Stirn, als brauchte man nur darauf zu warten, dass ein brillanter Gedanke dort geboren würde, der die ganze Welt verändern könnte. Auch Ruth hatte das gesehen, und eine Weile schien es, als neigte sich das melancholische Gesicht unter seiner Haarpracht mehr zu Ruth hinüber, die ihm ihren langen Leib, ebenso lang und kantig wie sein Körper, entgegenstreckte – über den Tisch im Café, über den Lenker ihres Fahrrads, und die ihm mit ihrem Gesicht immer näher zu sein schien als Lotte, die klein und beweglich um die beiden herumsprang.

Kurz nachdem sie das Haus von ihrer Mutter geerbt hatte, das Haus, in dem sie jetzt am Küchentisch stand und den Teig knetete und mit Fäusten schlug, war Lennard bei ihr eingezogen, zuerst nur, weil er einen *pied à terre* auf seiner Vertreterreise brauchte, später, um dort mit Lotte als Mann und Frau zu leben.

»Du bekommst das Haus, wenn ich mal tot bin«, hatte Lotte oft zu ihm gesagt, denn sie fürchtete, früh zu sterben. Aber Lennard lachte immer nur darüber. »Was soll ich in diesem Vogelbauer ohne dich«, hatte er gesagt, und nun lag er in Ruths Bett, hinter der Schneiderwerkstatt, und Ruth wand ihre mageren blassen Beine um ihn und fuhr ihm durch sein dickes Haar, das jetzt weiß war wie schmutzige Schafwolle.

Der Herd wärmte die Küche. Die geschmolzene Butter lief durch Lottes Finger. Sie breitete sorgsam das helle Teiglaken für die Apfelschnitze über das schwarze Blech und achtete darauf, dass nirgends eine zu dünne Stelle entstand. »Ruth, die arme Seele, könnte doch bei uns im Fernsehzimmer wohnen«, hatte Lennard gesagt. »Sie hat den Pilz in der Wand, und jünger werden wir alle nicht.« – »Nein«, hatte Lotte geantwortet und ihm ins Gesicht gesehen. Und an der Art, wie er sie ansah, ohne sie wirklich anzusehen, und an der Art, wie er schmerzlich über ihre Schultern hinweg das breite Sofa vor dem Fernseher maß, und an der Art, wie sein Mund sich fast zärtlich zusammenschob, so als wolle er pfeifen oder auf eine heiße Suppe blasen oder jemanden küssen, hatte Lotte erkannt, dass er Ruth liebte, oder doch wenigstens wehmütig und hoffnungslos versuchte, Ruth zu helfen. Lennard, der sich um die Sorgen anderer Leute nie kümmerte, ja ihr das Wort abschnitt, wenn sie davon erzählen wollte, wie Frau Hebold darunter litt, dass ihr Mann trank, oder wie peinlich es Herrn Siebach war, dass alle Leute in der Straße ihre Häuschen neu hatten streichen lassen, nur er nicht, weil seine Pension dafür nicht ausreichte.

Das Viertel war keine teure oder elegante Gegend. In den schmalen Grundstücken standen die flachen Giebelhäuschen mit ihren von Glasbausteinen unterbrochenen Fassaden wie Spielsteine auf einem Monopoly-Brett. Fast alle Leute, die hier wohnten, lebten schon lange hier und beobachteten sich gegenseitig seit Jahren. Sie verband ein Stolz, um den sie die Bewohner der Villengegenden im Geheimen beneideten, und ihr Stolz schloss die ganze Straße ein, mit all ihren Häuschen, Laternen und Zäunen. Keiner durfte es wagen, aus der Reihe zu tanzen, so oder so. In das Haus neben dem großen Kastanienbaum an der Busstation war ein neues Paar eingezogen, eine Familie mit einem Kind. Lotte schob den Kuchen ins Rohr und steckte den Wecker in die Tasche ihrer Jacke. Sie warf das Nachthemd in den Wäschekorb, die Socken ließ sie liegen. Glaubte er, sie wüsste nicht, wohin er morgens ging? Glaubte Ruth, sie, Lotte, habe nicht bemerkt, dass der Ellbogen seiner Lieblingsjacke kunstvoll gestopft worden war? So etwas kostete Zeit und Hingabe.

Am meisten schmerzte Lotte, dass es den beiden völlig egal zu sein schien, was sie wusste oder darüber dachte. Das Gesicht, das Ruth ihr zum Kuss hinhielt, ehe sie sich aufs Sofa fallen ließ und nach dem Gin Tonic griff, war frech, glitzernd, triumphierend, ohne eine

Spur von Unruhe oder Angst. Lennard balancierte auf der Armlehne und gab vor, Brahms zu dirigieren. Er hatte die Platte aufgelegt, und wenn seine Augen bei seiner Darbietung Ruths Gesicht suchten, konnte Lotte sehen, dass es eine Reibung gab zwischen Augenpaar und Augenpaar und sich nach einer winzigen Pause ein kleines Lächeln entzündete, das auf den Gesichtern der beiden zurückblieb und lange brannte, ohne dass ein Schluck Gin Tonic oder ein nachlässig gepfiffener Triller es löschen konnte.

Lotte ging die Straße zwischen den Schneehaufen entlang und dachte darüber nach, ob sie Lennard noch liebte, ob sie ihn verlieren wollte, ob sie Ruth hasste. Sie ärgerte sich darüber, dass sie dachte, nun sind wir drei so alt geworden. Was hatte das damit zu tun? Sie dachte auch: Ruth, das arme Luder, wie sehr es sie quält, unförmigen Matronen ihre langweiligen Tweed-Kostüme für den Winter zu nähen, und sie sah Lennard vor sich, wie er am Morgen neben ihr aufwachte, die Augen verklebt von der Nacht, wie er sie erst reiben musste und sie zwischen den knittrigen Lidern zutage traten, bevor er sie wieder hinter seiner Brille verbarg. Sie dachte: Sollen sie ihr Vergnügen haben. Aber sie wusste, dass sie mit dieser falschen Großmut eine Unruhe verbarg, die sie seit Wochen quälte.

Sie will das Haus, dachte Lotte, sie will das Haus, mehr noch als Lennard, sie will raus aus ihrem Laden und hier auf der Veranda sitzen und sticken, während Lennard den Rasen mäht. Sie will den Damen hier vor dem Spiegel den Saum abstecken: Nadeln aus der Kristalldose, die sie mir zur Hochzeit geschenkt hat. Sie will nicht eines Tages krepieren in ihrem feuchten Loch unter dem Plastikhimmel. Das hat sie selbst gesagt.

Und Lotte stellte sich vor, wie Lennard mit Ruth flüsterte, morgens, in ihrem Bett, wie sie überlegten, was geschehen könnte, wenn Lotte nicht mehr da wäre, wenn Lotte nicht mehr im Haus wäre, wenn Lotte krank würde, unrettbar krank im Krankenhaus läge.

Einmal, es war in dem Jahr gewesen, in dem Lennard keine Arbeit gefunden hatte und sie im Kindergarten den kleinen Mädchen beizubringen versuchte, wie man eine Gavotte tanzt, da hatte Lennard, als sie nach Hause kam, zusammengekauert auf dem Sofa gesessen und vor sich hin gestarrt. Dabei hatte er weniger hoffnungslos oder resigniert gewirkt als eher gefährlich, sprungbereit. »Ich werde diesen Simon umbringen«, sagte er und schaukelte sich langsam vor und wieder zurück, die Arme um die Knie geschlungen. »Ich habe immer gewusst, dass ich eines Tages jemanden killen könnte, der sich mir in den Weg stellt, der mein Leben kaputt macht, der mich zurückhält von dem, was ich mein Glück nenne.«

Natürlich hatte er diesen Simon nicht umgebracht, darum ging es auch nicht. Lotte aber hatte das damals ernst genommen und sich vor ihm in die Küche zurückgezogen, um eine Dose Suppe aufzumachen und zu überlegen, ob sie jemals gewusst hatte, was vorging hinter dieser Stirn und wie viel diese langsamen kurzsichtigen Augen vor ihr verbargen, wenn sie einander ansahen, ihre beiden Köpfe auf dem Kissen und seine Hände auf ihrer Brust.

Einmal hatte sie zugesehen, wie er einen Feldhasen aus einer Schlinge befreite, das war in der Bretagne gewesen, an einem windigen Tag, mit dem Getöse der Brandung, das zwischen den Felsen zu ihnen heraufstieg. Damals hatte sie ihn geliebt und wie ein Kind geglaubt, er könnte, wenn er nur wollte, alles zum Besten wenden, auch ihr gemeinsames Leben.

Der Hase, der nur schwach mit den Hinterläufen zuckte, sah unversehrt, ja geradezu vollkommen aus, wie ein seidiges Plüschtier, das man nach Hause trägt und mit ins Bett nimmt. Aber dann, als Lennards Finger die Stelle am Hals entblößten, war Lotte erschrocken. Dort, unter dem Pelz verborgen, zeigte sich rotes rohes Fleisch und geronnenes Blut, auf dem Ameisen wimmelten. Mit einer einzigen ruhigen Bewegung hatte Lennard ausgeholt und den Hasen an den runden Fels geschlagen, an dem Lotte lehnte. Der Stein war warm an ihrem nackten Rücken. Sie hatte sich abgewandt und den Vögeln zugesehen, die sich durch die Ginsterbüsche jagten.

Den ganzen Weg zurück am Ufer entlang, im salzigen Dunst der brandenden Wellen, hatte sie gezittert und geweint. Lennard hielt ihre Hand. Sie konnte ihm nicht sagen, was sie fühlte. Es war, als wäre die Erde eine schwankende Scheibe, auf der sie balancierte und die jede Sekunde kippen konnte. Nichts würde ihren Sturz aufhalten können.

In dieser Nacht hatte Lotte Lennard mit einer Heftigkeit an sich gezogen, die sie beide erstaunte. Sie hatte die Hand geküsst, die den Hasen getötet hatte, und sich gewünscht, von dieser Hand gehalten zu werden, am

Nacken, wie ein kleines hilfloses Geschöpf, mit dem man tun konnte, was man wollte, und das sich dennoch diesem Griff anvertraute. Nie wieder hatte sie sich ihm so nahe gefühlt wie in dieser Nacht, und sie hatte Grauen empfunden vor seiner Umklammerung und eine eigenartige Ruhe, als könnte ihr nun nichts mehr zustoßen.

Lotte nahm ihren Schal vom Hals und wickelte ihn sich um den Kopf. Der Himmel, dunkel, als würde es bereits Abend, verwirrte sie, und sie sah auf den Küchenwecker in ihrer Tasche, damit sie rechtzeitig zurück war, um den Kuchen aus dem Ofen zu nehmen.

Vor dem Haus, in dem die neuen Leute wohnten, stand ein junger Mann, der sich mit roten Händen an der Haustür zu schaffen machte. Er trug keinen Mantel, sein Anzug, sein Hemd, seine Krawatte sahen so aus, als wäre er soeben aus einer warmen Bürostube kurz auf die Straße getreten, um gleich wieder zurückzukehren. Sein braunes Haar glänzte, wie nur das Haar von jungen Männern glänzte, dachte Lotte, und sie erwiderte sein Lächeln und blieb stehen. Er wirkte irgendwie verlegen und auch hilflos. Als er auf sie zukam, erriet sie, dass er sie etwas fragen würde, und kam ihm zuvor: »Niemand zu Hause?«

»Niemand zu Hause«, sagte er und lachte leise, als hätte er das seinem Ungeschick zuzuschreiben.

»Hat man Sie erwartet?«, fragte Lotte.

»Ja, in gewisser Weise.« Er ging neben ihr vor dem Zaun des Hauses auf und ab, und Lotte wartete, denn sie fühlte, dass er ihr etwas sagen wollte und nicht wusste, wie er es anstellen sollte.

Die Straße lag wie immer um diese Zeit verlassen und wie unbewohnt da, und die Schneehaufen am Randstein sahen aus wie marmorne Gischt.

»Es ist wegen der Hunde«, sagte er. »Die Hunde sind draußen, und es wird schneien. Ich habe sie heute Morgen, als es noch dunkel war, herausgelassen, ehe ich losfuhr. Ich glaubte, ich wäre bald zurück, aber nun …«

»Wo wohnen Sie?« Er nannte einen weit entfernten Vorort, von dem Lotte nur wusste, dass es dort eine Kaserne gab. »Und wenn Sie gleich jetzt zurückfahren? Ich könnte Ihren Freunden etwas ausrichten, wenn Sie wollen, ich wohne nicht weit von hier.«

»Sie sind so freundlich«, sagte der junge Mann und lächelte sie an. Er hatte schöne starke Zähne, und Lotte konnte Spuren von Rasierschaum auf seinen Backen entdecken.

»Ich habe kein Geld für die Busfahrt«, sagte er und senkte den Kopf. »Es ist mir furchtbar peinlich. Ich muss nach den Hunden sehen, sie sind da allein im Schnee. Verstehen Sie?«

»Wie viel brauchen Sie?«

»Zehn Euro«, sagte er und beobachtete ihr Gesicht.

Lotte blieb stehen. »Also, jetzt kommen Sie erst mal mit mir nach Hause, ich habe einen Apfelkuchen im Rohr. Ich mache Ihnen einen Kaffee, Sie sind ja völlig durchgefroren, und dann sehen wir weiter.«

Er ging mit gesenktem Kopf neben ihr her. »Ich mache Ihnen solche Umstände, ich kann mir das gar nicht verzeihen«, sagte er. Wie höflich er war. Nichts gefiel Lotte mehr als diese unaufdringliche, selbstverständliche Höflichkeit, die sie einer guten Erziehung zuschrieb. Wie war er wohl in diese Lage geraten? Aber sie fragte ihn nicht. Das wäre aufdringlich gewesen. Er saß auf dem Sofa und sah sich um. »Wie hübsch Sie es hier haben«, sagte er. »Das Haus ist wirklich anmutig geschnitten, alles ebenerdig, sind dort die Schlafzimmer? Das Bad? Ah, das ist die Tür zur Toilette, darf ich?«

Lotte ging in die Küche und nahm den Kuchen aus dem Rohr, stellte Tassen und Teller auf ein Tablett, goss Milch in die Kanne, prüfte, ob Zucker in der Dose war. Sie fühlte sich leicht und fröhlich wie lange nicht mehr. Nein, er hatte sich nicht lustig gemacht über sie, Lotte wusste, wie einfach das Haus wirkte, wie abgenutzt die Möbel waren, wie deutlich man sah, dass die Wände gestrichen werden mussten. Sie hörte das Quieken der Toilettentür, und während sie sich irgendwie wunderte, dass sie nichts vom Blubbern der Spülung hörte, fragte sie sich, warum sie bei seinen freundlichen Worten so gar nicht das Gefühl hatte, sich für die Schäbigkeit ihres Lebens schämen zu müssen, wie sie das manchmal getan hatte, wenn sie Gäste in ihrem Haus bewirtete.

»Ich habe so lange gebraucht, weil ich diesen vermaledeiten Kuchen nicht vom Blech abkriege«, sagte sie, als sie endlich ins Wohnzimmer trat. Er sprang auf und nahm ihr das heiße Blech ab, wobei er geschickt die beiden Topflappen aus ihren Händen löste.

Lotte zog die Schublade der Kommode auf und holte das große Tranchiermesser heraus, teilte den Kuchen und hob ihn vom Blech. Er sah ihr zu. Sie wischte das Messer an der Schürze ab und legte es zurück in die Schublade. Sie setzte sich, schenkte Kaffee ein. Sie sahen sich an, er aß nicht. Sie hatte keine Kuchengabeln gedeckt, aber schon war er aufgestanden und hatte zwei Gabeln aus der Schublade genommen. Er blieb einen Augenblick vor der Kommode stehen, die Gabeln an die Brust gedrückt, und besah das Besteck in der Schublade. »Was für eigenartige Messergriffe«, sagte er.

»Hirschgeweih«, sagte sie. »Ein Hochzeitsgeschenk, heute ganz unmodern. Leider.«

Er schloss die Schublade, setzte sich, trank seinen Kaffee, aß seinen Kuchen. Sie plauderten, aber Lotte merkte, dass er nicht bei der Sache war, etwas wegdrängte. Natürlich – die Hunde. Sie hätte ihn gerne dabehalten. Er lobte alles.

Als er aufbrechen wollte, gab sie ihm die fünfzig Euro, die sie in der leeren Teedose aufgehoben hatte. Sie hatte sie in Lennards Jacke gefunden und behalten. Sie wusste nicht, wofür. Das war nun eine gute Gelegenheit. Morgen wollte er ihr das Geld zurückbringen, morgen, wenn er es noch einmal bei seinen Freunden in ihrem neuen Haus versuchen wollte.

Als er ging, fing es an zu schneien. »Was sind das für Hunde«, fragte Lotte an der Tür.

»Ein Dobermann und ein russischer Kampfhund«, sagte er.

Lennard aß drei Stücke von ihrem Kuchen und erzählte ihr, ehe er sich zu seinem Nachmittagsschlaf hinlegte, dass die Polizei vorn in der Straße gestanden habe, mit einem Streifenwagen, als er vorbeigekommen sei.

Am nächsten Nachmittag erfuhr Lotte, dass man bei dem jungen Paar eingebrochen hatte, am Morgen irgendwann, alles sei durchwühlt gewesen, aber es habe nichts gefehlt. Offenbar habe jemand Geld gesucht.

Lotte setzte sich in die Küche an den Tisch und löste das Kreuzworträtsel vom Wochenende. Vor dem Fenster war die milchweiße Nachmittagsluft unruhig von fallenden Flocken.

Sie sah zwei große Hunde durch wirbelnde Schneevorhänge rennen, brusthoch in der weißen Brandung, eingehüllt in zitternde Dampfwolken. Ihre Ohren flappten, ihre roten Zungen hingen aus dem Maul. Es sah aus, als lachten sie. Aber Lotte wusste, dass sie nicht lachten. Die Tiere hatten sie entdeckt, kamen zu ihr, kamen auf sie zu. Sie keuchten vor Ungeduld, und auch ihr Bellen und Jappen hieß einzig, dass sie außer sich waren, weil sie sich nicht auf sie stürzen konnten.

Am Abend, neben Lennard auf dem Sofa vor dem Fernseher und mit einem Glas Gin Tonic in der Hand, das Lennard ihr gereicht hatte, erkannte Lotte das Gesicht ihres Gastes sofort. Sein Gesicht füllte die ganze Mattscheibe aus. Kein Polizeifoto, ein grobkörniger Schnappschuss. Sie erkannte ihn auf der Stelle. Er lächelte mit gesenkter Stirn, aus seinem weichen Hemdkragen stieg ein breiter Hals so unverletzt und glatt wie ein junger Baum. Sie suchten ihn. Ein Messer wurde gezeigt. Es lag neben einem grünen Maßband und war spitz und breit, wie die Messer, die auf Metzgertheken liegen. Und dann wurde das Gesicht der alten Frau eingeblendet, auch sie lächelte, die Hand leicht erhoben, das weiße feingelockte Haar stand um ihren Kopf, wie ein kleiner durchscheinender Kranz. Er hatte nicht viel erbeutet, nur einhundert Euro. Aber auch diese einhundert Euro hatte sie ihm wohl nicht freiwillig geben wollen. Sie hatte sich gewehrt, hatte womöglich geschrien, sinnloserweise, denn sie lebte allein.

Lotte wandte den Kopf und suchte Lennards Blick. Lennard nahm seine Brille ab und sah sie an.

UMARMUNGEN

Er war sauberer und ordentlicher als jeder andere Untermieter, der jemals die Wohnung mit ihr geteilt hatte, auch ruhiger. Selten hörte sie ihn in seinem Zimmer hantieren oder herumgehen. Besuch bekam er nie.

Frau Meiser hatte oft das Bedürfnis, über ihn zu sprechen und ihrem Erstaunen Luft zu machen. Sie erzählte der Frau im Milchladen, dass er seine Schuhe mit Zeitungspapier ausstopfte und dass er, wenn er den Herd benutzte, nie die kleinste Spur hinterließ, nicht einmal einen Fettspritzer. Sie sprach auch mit Rita über ihn. Rita, die mit ihr zusammen in dem kleinen stickigen Raum neben dem Imbisslokal saß am Donnerstag und Freitag, wenn man in der Lottoannahmestelle alle Hände voll zu tun hatte. »Man riecht ihn nicht einmal in der Wohnung, verstehen Sie«, sagte sie, »man merkt gar nicht, dass er da ist.« Und Rita, die gerade einmal wieder verliebt war und immerzu lachte, wiegte den Kopf hin und her und sagte, »stille Wasser ...«. Frau Meiser lachte mit ihr, aber nur aus Verlegenheit. Sie wusste nicht, warum sie sich insgeheim wünschte, ihn singen zu hören unter der Dusche, wie ihren verstorbenen

Mann, oder wie beruhigend sie es gefunden hätte, wenn er abends schlüsselklappernd und türenschlagend heimgekommen wäre, wie Männer eben heimkommen. Sicher lag es daran, dass sie sich einsam fühlte. Er schlüpfte herein, lautlos, wie ein Schemen, und nur an dem Lichtstreifen unter seiner Tür konnte sie erkennen, dass er wieder unter ihrem Dach weilte, wie sie es nannte. Er bewohnte das alte Herrenzimmer, das zur Straße ging. Man konnte bei offenem Fenster die Köpfe der Leute vorbeiziehen sehen wie im Kasperletheater, das hatte er gesagt, aber ohne zu lächeln oder sich zu beklagen – er beklagte sich nie.

Er hieß Nazim und er kam aus Istanbul. Ein kleiner, etwas gebeugter Mann, dessen Alter sie nicht genau schätzen konnte. Sein Haar war noch immer schwarz und voll, seine Augen aber, dunkel und matt glänzend wie Schiefer, sahen müde aus, aber vielleicht lag das daran, dass sie in bräunlichen Höhlen lagen, in einem Gesicht, das sonst blass war und überraschend glatt. Deutsche Männer altern eben anders, dachte Frau Meiser, und sie dachte es zärtlich, als schließe dieses Wissen ein vertrautes Geheimnis ein zwischen ihr und Herrn Nazim.

»Zuerst habe ich ihn ja gar nicht haben wollen, verstehen Sie, Rita, ich habe dieser Frau, die ihn mir brachte, gesagt: Muss das sein, so einer von irgendwo anders her, wer weiß, wie der leben will, wer weiß, was der gewohnt ist?« Rita verstand, sie hatte sich diese Geschichte schon öfter angehört. Sie prüfte den Tippschein eines jungen Mannes, den Kugelschreiber, der an einer

Spirale am Pult festgemacht war, in der erhobenen Hand. Frau Meiser zählte das Geld und gab dem Kunden heraus.

»Und sie hat gesagt, der Mann hat Schlimmes durchgemacht, geben Sie Ihrem Herzen einen Stoß, Frau Meiser, das hat sie gesagt, Ihrem Herzen einen Stoß.«

Natürlich machte sie manchmal sauber in seinem Zimmer, obgleich er das nicht verlangte, unterm Bett und hinter dem Spiegel, das gehörte sich einfach so. Über seinem Bett hing ein besticktes buntes Tuch, und ein Stück dieses Tuchs war auch über seinen Nachttisch gebreitet. Dort stand das Foto einer Frau, ein helles Profil mit schön gestreckter Nase und einer feinen langen Augenbraue darüber. Man konnte sehen, dass sie hatte lächeln wollen, dass sie den Blick gesenkt und dieses Lächeln unterdrückt hatte, nur in der Braue konnte man es ahnen! Auch die Fotos der Kinder besah Frau Meiser jedes Mal genau. Sie trug sie ans Fenster und nahm die Brille aus der Jackentasche. Sie wischte die Rahmen ab. Irgendetwas war geschehen mit dieser Frau und mit diesen Kindern. Er war kein Mann, der seine Frau im Stich ließ, das wusste sie. Gerne hätte sie mit ihm darüber gesprochen, ja, sie hätte gerne eine Blume vor die Fotos gestellt, aber das ging natürlich nicht. Ihr Kurt, der sie aus ihrem Silberrahmen vom Nachttisch aus betrachtete, hatte immer Blumen um sich, Primeln und Alpenveilchen und manchmal Maiglöckchen, das waren seine Lieblingsblumen gewesen.

Auf dem Tischchen am Fenster lagen Bücher und Papiere. Er schrieb viel und schnitt Artikel aus Zeitungen aus, um sie zu bündeln und aufzuheben; das beschäftigte ihn am Vormittag. Nachmittags ging er weg und kam erst abends zurück, seine Bücher unter dem Arm, seine Einkäufe in einer Stofftasche, auf der »Rettet die Wale« stand.

»Vielleicht gibt er Sprachstunden«, sagte Rita und feilte sich die Nägel. Sie wollte sich am Abend mit ihrem neuen Geliebten treffen und hatte Frau Meiser das Kleid gezeigt, das sie unter der Wolljacke verborgen trug. »Oder er macht Übersetzungen, er spricht doch so gut Deutsch.« Frau Meiser nickte vor sich hin. Ja, er sprach Deutsch, womöglich schöneres Deutsch als sie selbst. Er suchte immer nach den genau passenden Worten, selbst für das Unwichtigste, und fand ausgefallene Formulierungen, die Frau Meiser nicht geläufig waren. Als sie ihn gerufen und um Hilfe gebeten hatte und er mit ihr vor dem Gasherd stand, der sich immer wieder ausschaltete und bedrohlich zischte, hatte er mit einem Zahnstocher die kleinen Öffnungen gereinigt, aus denen sonst die blauen Flämmchen züngelten, hatte sich niedergebeugt und geblasen. »Ich habe ihm neuen Odem eingehaucht«, hatte er gesagt und gelächelt. Sein Lächeln, es kam so selten, traf Frau Meiser mitten ins Herz, und sie dachte an den Stoß, den sie ihrem Herzen gegeben hatte, vor einem Jahr, als er einzog, und sie sagte sich, was für eine kindische alte Frau sie doch sei, solche Gedanken zu haben, und sie wagte nicht, Rita davon zu erzählen, die sicher gelacht hätte. Einmal hatte Rita schon gesagt: »Sie sind verliebt in Ihren Untermieter«, und danach war Frau Meiser tagelang verlegen gewesen, wenn sie Herrn

Nazim auf dem Flur begegnete oder als sich ihre Hände berührten, einmal morgens, als er ihr die Zeitung hereingeholt hatte.

Seine Frau hieß Anna oder hatte Anna geheißen, das wusste Frau Meiser, denn manchmal sprach er von Anna, wenn er in der Küche saß, auf der Ecke der Bank, um sich Nachrichten anzuschauen oder wenn ihn Frau Meiser nachts vor dem Eisschrank überraschte, wo er im Stehen ein Butterbrot aß, den Teller auf den Eisschrank gestellt und in eine Zeitung vertieft. Einmal, als er sich die Hand aufgeschürft hatte und Frau Meiser ihm mit einer Pinzette die Holzsplitter aus dem Daumenballen zog und dabei beruhigende Worte vor sich hin murmelte, hatte er gesagt:

»Die Liebe eines Menschen ist unvergänglich. Annas Liebe begegnet mir in anderen Menschen, sie schickt sie mir, glauben Sie nicht auch, Frau Meiser? Sie schickt sie mir, in andere Menschen verkleidet.« Und als Frau Meiser verlegen und verwirrt schwieg und nicht mehr wagte, ihren Blick zu heben, weil er sonst gesehen hätte, wie stark es sie rührte, wenn jemand etwas Schönes sagte, hatte er ihre Hände gedrückt. Sie war anfällig für »das Schöne«. Das war, wie sie wusste, eine Schwäche von ihr. Kurt hatte sie ausgelacht, wenn sie ihm morgens Sprüche aus dem Kalender vorlesen wollte, er hatte sie eine Gefühlsduslerin genannt oder eine sentimentale Romantikerin. Er schämte sich, wenn sie im Kino weinte, und murrte, wenn sie abends im Bett Romane las.

An diesem Abend ging Frau Meiser mit einem Band

deutscher Balladen zu Bett, den hatte sie noch aus ihrer Schulzeit

»… und mein Stamm sind jene Asra
welche sterben wenn sie lieben …«

Sie las die Verse mehrmals und mit feuchten Augen. Vielleicht hatte Rita recht mit dem, was sie gesagt hatte, aber in der Liebe kannte Frau Meiser sich nicht gut aus, jedenfalls nicht im wirklichen Leben.

Ritas junger Mann kam sie abholen. Er blieb etwas linkisch neben der Tür stehen und spielte an seinem Motorradhelm herum. Rita glitt hinter dem Pult hervor und drängte den Mann mit dem Ansturm ihrer Wiedersehensfreude gegen die Regale mit den Tippscheinen. Sie legte ihre Arme um ihn, und für Frau Meiser sah es so aus, als werde sie gleich auch noch ihre Beine um ihn winden und an ihm hinaufklettern wie ein Äffchen an einem Baumstamm. Er grinste, setzte ihr den Helm auf und schleppte sie aus dem Laden. Frau Meiser blieb mit klopfendem Herzen zurück. »Hör auf, verrücktes Ding«, murmelte sie und legte sich die Hand auf die Brust.

Am Abend roch es in der Wohnung nach Maiglöckchen. Frau Meiser hängte versonnen ihren Mantel auf – Maiglöckchen –, aber dann sah sie den vertrauten Regenumhang neben einer lindgrünen Nylonjacke hängen, und da hörte sie ein helles, hohes Frauenlachen, das ihr zu Farbe und Material dieses fremden Kleidungsstücks zu passen schien. Das Lachen kam aus seinem Zimmer.

Die Frau, die später im blauen Dämmerlicht des Fernsehers in der Küchentür stand, musterte Frau Meiser mit kaltem Blick. Frau Meiser saß auf der Bank, die Füße auf den Küchenhocker gelegt, und verschränkte unter diesem Blick die Arme über der Brust. Herr Nazim, der versuchte, die Frau weiterzudrängen, trat einen Schritt in die Küche und sagte: »Meine ... Bekannte wollte sich verabschieden, Frau Meiser. Das ist Frau Köberlein.« Frau Köberlein machte keine Anstalten, die Hand auszustrecken, und Frau Meiser war froh, dass sie die Arme weiter verschränkt hielt und sich nicht gerührt hatte. Die Frau hatte dichte krause Haare, ob weiß oder blond, konnte man in diesem Licht nicht genau sehen. Darunter wirkte ihr Gesicht klein und dreieckig wie das eines Frettchens. Tückisch, fand Frau Meiser, hart und gewöhnlich. Sie selbst tat sich viel auf ihre Gesichtsform zugute. »Menschen mit runden Gesichtern sind gutmütig und fröhlich«, hatte Kurt immer gesagt. Sie hatte es auch nicht nötig, sich mit ihrem Haar zu brüsten. Zwei Kämme rechts und links über den Ohren, das genügte Frau Meiser, das hatte immer genügt. Herr Nazim, der die Lage mit einem raschen Blick erfasst hatte, verschwand mit der Frau aus der Türöffnung.

Er ging mit ihr fort, und Frau Meiser hörte ihn nicht zurückkommen. Sie ging zu Bett und nahm ihr Abendessen mit. Eine Kanne Kakao und drei Buttersemmeln, solch ein Imbiss hatte sie sonst seit Kindertagen immer glücklich gemacht.

»Sie ist ein einsamer Mensch«, erklärte ihr Herr Nazim am nächsten Morgen ungefragt. »Ein, wie sagt man, ein unbeweglicher, unzugänglicher Mensch, verstehen Sie, nicht wie die Halme, die sich im Wind biegen, sondern wie ich, wie Sie, nein, wie soll ich sagen –

spröde. Solche Menschen haben es schwer mit sich.«
Kurz fühlte Frau Meiser in sich den Wunsch, ihre Macht-
stellung in der Wohnung auszunutzen und ihm den
Umgang mit »dieser Frau« zu verbieten, jedenfalls unter
ihrem Dach. Sofort schämte sie sich. Sicher tat ihm ein
wenig Abwechslung gut, und hatte er ihr nicht einmal
gesagt, sie sei ein guter Mensch?

Er stand am Herd und toastete sein Schwarzbrot über
der Gasflamme, wie er es liebte. Sie sah seinen Nacken,
kein breiter Nacken, zwei symmetrische Wirbel sträub-
ten das kurze Haar, winzige Sonnenräder. Die hatte sie
noch nie bemerkt und wandte die Augen ab, weil sie
Lust hatte, sie zu berühren. Sollte sie aufstehen und ihn
von hinten umarmen? Sollte sie sagen, »auch ich habe es
schwer mit mir«? Der Wunsch, den Geruch seines Mor-
genmantels einzuatmen, überkam sie wie eine kleine
Übelkeit, seine nackten Füße auf dem Plattenboden –
Bubenfüße. Sie ging aus der Küche. Als er fort war, setzte
sie sich auf sein Bett und betrachtete die Fotos der Kinder und der Frau. Sie nahm einen seiner Schuhe vom
Boden auf und polierte mit dem Ärmel an ihm herum.
So alt musste ich werden, um so zu sein, dachte sie. Wie
soll es nur weitergehen mit mir. Sie lächelte.

Rita erzählte ihr von einer Bauchtänzerin, die neulich
abends in einem Lokal aufgetreten war. »Alt«, sagte Rita,
»so um die vierzig, aber Hüften hatte die, und zittern
konnte die mit denen.«

Alles, was sie in letzter Zeit hörte, tat Frau Meiser
weh und stand in irgendwelchen dunklen Zusammen-
hängen mit dem, was in ihrer Wohnung geschah, denn

es geschah dort etwas, und sie hatte keinen Anteil daran und keine Macht, es zu verhindern. Schlimmer noch war, dass Herr Nazim alles tat, um sie nicht zum Zeugen seines Glücks zu machen, denn er war glücklich, das war deutlich zu spüren, sein Schritt klang anders, wenn sie ihn auf dem Gang hörte, das Geschirr klapperte anders, wenn er es abspülte, und er hatte sich ein neues Hemd gekauft, ein kobaltblaues Hemd mit weißen Knöpfen, das ihm gut stand.

Er kam und ging immer noch so leise und rücksichtsvoll wie immer, auch wenn er in Begleitung war. Aus seinem Zimmer drang kein Geräusch, nur manchmal das Lachen, das Frau Meiser schon kannte. Und nach einem Zusammentreffen im Bad – die Frau hatte sich, das Gesicht kurzsichtig dicht vorm Spiegel, die Augenbrauen nachgezogen, als Frau Meiser die Wäsche aus dem Korb holen wollte –, nach diesem Zusammentreffen also war es Herrn Nazim gelungen, die Frau aus Bad und Küche fernzuhalten.

Frau Meiser fühlte sich nicht mehr wohl in ihrer Wohnung, aber auch in der Lottoannahmestelle oder im Café saß sie unbehaust wie jemand auf der Durchreise. Rita, der sie erzählt hatte, sie sei in einen Nachbarn verliebt, versuchte sie aufzumuntern, aber sie dachte bei allem, was sie tat, immer an Herrn Nazim. Es war schon fast lächerlich, das konnte sie selber sehen. Vor dem Metzgerladen mit seinen schön aufgefächerten Koteletts dachte sie daran, für ihn zu kochen. Die dunkelhaarigen Müllmänner mit ihren braunen Händen versetzten ihr einen Stich, sie blieb stehen und lauschte dem Klang ihrer Gespräche. War das seine Sprache? Sie wusste es nicht. Sie erkundigte sich nach Türkischkursen bei der Volkshochschule und kaufte türkischen Pfefferminztee. Sie weinte nicht, aber manchmal, wenn sie abends im Bett lag, rann Wasser aus ihren Augenwinkeln und tropfte aufs Kissen. Kurt lächelte ihr zu, und sie bat ihn, Geduld mit ihr zu haben. Er hatte Ausländer nie gemocht.

»Sie müssen ihm sagen, wie es um Sie steht«, sagte Rita. Sie dachte an den untersetzten freundlichen Mann mit der breiten Stirn und der trägen Stimme, der über Frau Meiser wohnte und dessen Tippschein sie manchmal für ihn ausfüllte. »Er passt zu Ihnen, ich sehe so was!«

Frau Meiser sah sie mit ihrem jungen Mann vor dem Fenster stehen, er knöpfte sie mit in seine Lederjacke hinein und sie wickelte ihre langen Haare um seinen Hals, mit geschlossenen Augen und lächelndem Mund. Frau Meiser geschah etwas Seltsames, dort, wo sie saß, auf dem hohen Hocker hinter dem Pult, im Licht der Bürolampe, in der Hand den Zettel, den ihr eine ungeduldige alte Frau gerade herübergereicht hatte, spürte sie, wie sich Arme um sie legten. Sie war wieder ein junges Mädchen, noch ein Kind, neugierig und furchtlos, sie fror, sie roch den Regen, roch den Grasduft im Park, sie fühlte den Körper, an den sie sich drückte, durch ihr dünnes Kleid, die Knie, die harten Schenkel, die Wärme, die von seinem Schoß ausging, und die Atemzüge seiner Brust, ja selbst die Knöpfe seiner Jacke, die kalt und rund gegen ihr Schlüsselbein gepresst wurden. Sie sah nichts, hörte nichts, aber schmeckte beglückt den fremden Mund wie eine nie gekannte süße warme Speise.

Sie riss den Durchschlag aus dem Tippschein und reichte ihn über das Pult. Nahm das Geld, bündelte die Zettel, die neben ihr lagen, legte ein Gummiband darum und verstaute sie in der Schachtel am Boden.

Das Mädchen aus dem Park, ein schmächtiges Mädchen in einem grünen Kleid, hatte auf sie gewartet in all den Jahren, geduldig, zäh und rücksichtslos, um noch einmal zu leben. In diesem Augenblick, einem Freitagnachmittag, mit Lastwagen, die draußen vorbeifuhren, und Menschen, die ihr zunickten und ihr Geld auf den Tisch zählten, sie beim Namen nannten. Ein paar Atemzüge lang wusste Frau Meiser nicht genau, wer sie war, und sah verwirrt auf ihre Hände. Ich muss mit ihm reden, dachte sie. Was sie befürchtet hatte, war eingetreten, auch das grüne Mädchen im Park war zu seiner Verbündeten geworden. Alles um sie her schlug sich, so schien ihr, auf seine Seite.

Er war zu Hause – sie waren schon zu Hause, das sah Frau Meiser, als sie ihren Mantel aufhängte. Sie ging in der Küche umher, riss Blätter vom Kalender und wischte den Tisch ab. Sie schlich zur Tür, unter der Licht hervorsickerte und auf ihre Schuhspitzen fiel. Sie lauschte. Das hatte sie sich noch nie erlaubt, und natürlich hörte sie nicht viel, ein Geraschel, einen hellen Ton, als schlüge jemand mit einem Messer gegen ein Glas, Gemurmel, ein leises Knarzen. Das Bett, dachte Frau Meiser, sie kannte das Geräusch.

Sie konnte nicht bleiben. Sie holte ihre Tasche aus der Küche und schlüpfte in ihren Mantel, das alles langsam und ohne genau zu wissen, wohin sie gehen sollte. Die Frau sprang aus der Tür des Zimmers mit einem Schwung, der sie stolpern und gegen die Wand im Gang prallen ließ. Die Haare standen ihr wirr um den Kopf, sie hielt ein Kleiderbündel an die Brust gedrückt, aus dem ein Schuh zu Boden polterte. Ihre nackten Schultern schimmerten im trüben Licht der Deckenlampe, Frau Meiser wich zurück, als drohe ihr ein Angriff.

»Er ist krank, sehr krank.« Frau Meiser konnte sie riechen, ihr Geruch war wie ein Vorbote von Schrecklichem. Sie stieß die Frau beiseite und ließ ihre Tasche fallen. Die Tür war offen, und Herr Nazim lag im Bett. Frau Meiser sah seine nackten Arme, die Haare auf der Brust, er lehnte mit dem Oberkörper an dem bunten Tuch über dem Bett. Aus seinem Gesicht sprach Todesangst. Er leuchtete in dem dämmrigen Licht wie aus gelbem Wachs.

Sie hockte sich neben das Bett und umarmte ihn. »Schnell einen Arzt!«, rief sie hinaus auf den Gang, aber niemand antwortete. Sie hatte es nicht anders erwartet. Sie hielt Herrn Nazim im Arm und bettete sein Gesicht in ihre Halsgrube, sie streichelte seinen Nacken, sie wiegte ihn, sprach zu ihm. Er wurde ruhiger. »Anna«, sagte Herr Nazim undeutlich, er flüsterte, leise und hastig, den Mund an ihrem Mantelkragen, aber sie verstand ihn nicht.

GOLDENER KNABE

»Die Stachelbeeren müssen hochgebunden werden«, sagt meine Mutter. »Die Rosen muss man beschneiden.« Sie sieht mich nicht an dabei. Sie nickt und ringt die Hände. »Gießen«, sagt sie. »Gießen!« Ich hocke mich neben sie auf den Boden und versuche ihre Hand zu fassen. »Wölfchen«, sagt sie, aber sie sieht mich nicht an.

Seit dem Streit mit Ida besuche ich sie fast täglich hier im Altersheim, sitze bei ihr und spreche mit ihr. Mutter schaut aus dem Fenster hinaus auf die Straße und nickt. Manchmal erkennt sie mich nicht, wenn ich mich zu ihr setze. Manchmal aber legt sie ihre Hand auf meinen Kopf, dann bilde ich mir ein, sie weiß, dass ich ihr Sohn bin, und sie weiß, dass sie mich liebt, aber ich bin mir nicht sicher. Von ihrem Garten spricht sie oft, von ihren Beerensträuchern, dabei waren sie das Erste, was Ida herausgerupft hat.

Ich bin damals in Mutters Häuschen gezogen, der Garten war mir völlig gleichgültig. Nun ist er eine Art Tummelplatz für die Zwergstämme, die Ida »ihr Volk« nennt. Sie war von Anfang an ganz wild auf dieses kleine Fleckchen Erde. Sie wollte ihn, schon an dem Abend, als wir hier im Häuschen meiner Mutter übernachtet haben, ganz am Anfang.

Damals — fast genau ein Jahr ist es her —, damals in diesem wahnsinnig heißen Sommer hatte ich noch meine kühle, dunkle Wohnung im Stadtzentrum, und ich hatte ein Leben, das mir gefiel, und eine Arbeit, die mir gefiel, und Frauen, denen ich gefiel. Viele Frauen.

Dabei habe ich mir nie irgendetwas vorgenommen, mich auch nie angestrengt. Ich habe nie auf etwas gewartet. Das Wochenende war meine Zeit.

Im Supermarkt war ich Superman.

Wir stehen Wagen gegen Wagen, die Frau und ich. Mein Wagen ist fast leer: Bier, Brot, Schinken, Äpfel. Ihrer ist fast voll: Obst, Wein, Saft, Fleisch, Tiefkühlkartons, sogar eine rosa Hortensie. Die Hortensie hat die Farbe ihres Lippenstifts. Ich sehe, dass sie sich einen größeren Mund gemalt hat, einen viel größeren Mund, als sie eigentlich hat. Ich sehe, dass hortensienfarbener Lippenstift auf beiden Schneidezähnen klebt. Schon habe ich den Blick gesenkt, mich murmelnd entschuldigt und mein Wägelchen zurückgezogen. Aber sie hat etwas gesehen in meinem Gesicht, in meinen Augen. Wer weiß. Nicht alle können das sehen. Ich habe Ida zu erklären versucht, wie das ist. Ida hat Phantasie. Ich würde Ida gerne zur Verwalterin meiner Albträume und Ängste machen, meiner Sehnsüchte, Erinnerungen, Eifersüchte, meiner unendlichen Habgier und meiner Niederlagen. Aber das geht nicht. Sie halten das nicht aus. Keine von ihnen hält das aus. Ich sollte es wissen. Ich habe es versucht, mit Lilly, und sie landete in der Psychiatrie.

»Ich sehe eine Frau im Supermarkt, und da ist sofort so eine Verbindung zu ihr«, sage ich zu Ida.

»Woran merkst du das?«, fragt Ida. Wir sitzen im Bett, zwischen uns ein Tablett mit Hotelfrühstück. Am Morgen sind ihre Haare wild wie Wurzelwerk.

»Diese Frau gibt sich hin ... Mir. Nackt. Nass. Sie kommt, und ich mittendrin«, sage ich. »Verstehst du?«

»Poah!«, sagt Ida und versucht so auszusehen, als beneide sie mich um diese Fähigkeit. Ich weiß es besser. Sie ist entsetzt. Sie verbirgt ihren Schrecken. Sie findet mich abartig.

Ich umarme sie sofort und sage ihr, dass ich, seit sie bei mir ist, keine solchen Sachen mehr erlebt habe, auch keine Lust habe nach irgendwelchen fremden Frauen. Das ist natürlich nicht wahr. Ich erzähle ihr nicht von der Frau mit der Hortensie, und dass sie sich nach mir umgeschaut hat über die Schulter, und dass ich meinen Einkaufswagen ganz sacht an ihren Hintern geschoben habe. Und natürlich sage ich niemandem, dass wir in ihrer Wohnung waren, und dass hinter der geschlossenen Tür ihr Vater im Rollstuhl gehustet hat, und dass wir auf dem Teppich knieten, einem Teppich mit gelben Tigern und roten Blumen, der mir Ellbogen und Knie aufschürfte. Natürlich erzähle ich Ida nichts davon. Zu Hause klebe ich Pflaster drauf, Ida muss mir glauben, wenn ich ihr sage, dass ich in der Sauna gestolpert bin und über den rauen Sisalteppich gerutscht. Ich habe Glück, und sie küsst die Pflaster, ehe sie mich umfasst und schüttelt und beschimpft. Ida brachte mich zum

Lachen. Ich habe jahrelang weder gelacht noch geweint. Ich dachte schon, ich hätte das verlernt. Ein bisschen hatte ich's auch verlernt. Als ich zum ersten Mal lachte mit Ida, so richtig laut lachte, tat mir das mächtig weh in der Brust, als hinge ich zappelnd an einem riesigen Angelhaken, der sich dort verankert hat, und jemand zerrte wie wild an der Schnur.

Das machte mir Angst.

Ich ärgerte mich damals über meine Ängstlichkeit und meine Vorahnungen. Ida schien so verrückt nach mir zu sein wie ich nach ihr. Und das war sie wohl auch wirklich. Aber dann hat sie ihre Liebe von mir abgezogen, wie man jemandem die Decke wegzieht in einer kalten Nacht. So hatte es Harry definiert, mit dem ich manchmal über Frauen spreche.

»Sie liebt mich, wie mich noch keine Frau geliebt hat«, sage ich zu Harry. Es ist spät und ich bin der letzte Gast.

»Wirklich?«, sagt Harry, der müde ist und heim will.

»Ich spüre das«, sage ich. »Sie will mich ganz besitzen, mich in sich reinstecken, mich verschlucken, sie will mich auflösen in sich, verstehst du – ach, du verstehst so was ja nicht ...«

»Das klingt allerdings nach Liebe«, sagt Harry und schüttelt sich. »Ganz wie damals bei Lilli.«

Ich schlage nach ihm über den Tresen, aber er ist schneller.

»Du kennst dich ja aus mit Frauen«, sagt Harry und putzt den Tresen.

»Ich bin ein Frauenmann« sage ich, aber Harry lacht nicht.

❖

Ich habe meiner Mutter das Fotoalbum auf die Knie gelegt und schaue es mit ihr an. Ich blättere, sie nickt und summt etwas vor sich hin. Ich kann keine Melodie erkennen. Ich blättere und betrachte die Fotos. Ich habe sie seit vielen Jahren nicht mehr gesehen. Meine Mutter, ein Mädchen eigentlich noch, mit schmalen Händen und dünnen Armen, hält mich an die Brust gedrückt, weißblond, prall und lachend, wie ein Paket voller Leben.

Da, das ist der Anzug, den ich zur Konfirmation bekam, war ein hässliches Grün und kratzte am Kragen. Mein Haar sauber aus der Stirn gekämmt, der verzogene Mund, die leblosen Augen.

Als ich vierzehn war, verliebte ich mich in meine Klavierlehrerin. Sie kam aus Finnland und hatte Haare, gelb wie Butter, die zu kleinen Zöpfen geflochten waren. Sie roch nach Frau. Ihre Hände waren breit und rot. Sie liefen behende über die Tasten, als hätten sie ein eigenes Leben. Ich verliebte mich in sie und sie verliebte sich in mich. Ihr Gesicht veränderte sich, wenn sie mich sah. Ihre Stimme wurde süß und hoch, wenn sie mit mir sprach. Wenn sie mich rügte, weil ich nicht geübt hatte, konnte sie nicht ernst bleiben. Sie nahm meine Hände, ungelenk wie Tierpfoten, betrachtete sie und setzte sie Finger für Finger auf die Tasten. Ihr angestrengter Atem fing sich in meinem Ohr. Als sie mich küsste, es war am frühen Abend nach einem Gewitter und der Himmel klar wie Wasser über den Bäumen, als sie mich küsste, konnte ich kaum noch atmen, und ein letzter Blitz, der in der Ferne über den Feldern die Luft zerteilte, schien mir eine Botschaft zu sein, und ich rutschte vom Klavierhocker und verbarg mein Gesicht in ihrem Schoß. Dort, dort unter den Röcken und dem Unterzeug, dort zwischen ihren Schenkeln schien so etwas wie meine Erlösung auf mich zu warten. Ich war unglücklich, verkrüppelt von meinem pietistischen Vater, der leidenschaftlich frommen Mutter treu ergeben wie ein Vasall, ein furchtsamer Junge, der sich voller Angst, aber auch Todesmut vor die Mutter stellte, wenn der Vater nach ihr griff, mit seinen Worten und seinen Blicken, und der nachts mit den beiden kleinen Schwestern zusammenkroch unter der Decke, um nicht zu hören, was für Geräusche aus dem Schlafzimmer der Eltern kamen.

Maja hieß sie. Ich habe sie nie nackt gesehen, aber ich habe nie einen Körper genauer erkundet. Noch heute, wenn ich bestimmte Schubertsonaten höre, schließen sich meine Finger um Majas Waden, um ihre Ellbogen, um ihre Knöchel. Ich habe sie nie nackt gesehen, aber ich habe sie deutlicher gesehen als je eine andere Frau. Nachts lag ich im Bett und setzte sie zusammen, Stück für Stück, und sie hing, leuchtend in der Dunkelheit aufgespannt wie ein großes Sternbild, von mir, einem Gott, gesehen aus allernächster Nähe.

Unser Platz war auf dem Klavierhocker, im Zimmer unter der Beethoven-Büste, umgeben von Staub und Notenständern. Unser Platz war dort, Seite an Seite und nie ohne Musik, denn einer musste immer seine Hände auf den Tasten behalten.

Natürlich fanden sie es heraus. Meine Mutter schnupperte an mir wie ein Hund und brach in Tränen aus. Mein Vater versteckte sich hinter dem Vorhang und sprang heraus mit einem fürchterlichen Schrei, den ich nie vergessen werde.

Ich weiß nicht, was er mit Maja gemacht hat. Ich versuchte in der Küche meine Mutter zu trösten, die auf dem Boden kniete.

Abends, als das schräge gelbe Sommerlicht die langen Schatten der Bäume auf die Wiesen warf, sah ich Maja mit ihrem großen Koffer drüben vom Haus des Nachbarbauern langsam den Hang heruntersteigen. Sie war ganz allein, und im Abendlicht sah ich Mücken, die um sie schwärmten und die leuchteten wie Funken.

Von meinem ersten großen Honorar bin ich nach Finnland gefahren und habe abends in Helsinki in der Oper auf sie gewartet. Ich hatte von der Tochter unseres Nachbarn gehört, dass sie dort arbeitete, und auch, dass sie mit dem Klavierspielen aufgehört hatte und nur noch Geige spielte. Dass sie allein lebte. Ich hatte ihr geschrieben, und sie hatte mir geantwortet, und sie freue sich so auf mich, schrieb sie, und ich solle sie in der Eingangshalle erwarten nach »Peer Gynt«! Ich mag »Peer Gynt« nicht, aber ich fühlte mich verpflichtet, die ganze Oper anzuhören. Ich hatte gehofft, dabei das Orchester sehen zu können, aber die Musiker blieben im Orchestergraben verborgen.

Ich wartete und sah zu, wie draußen der Schnee fiel, und sah, wie die Frauen an der Garderobe riesige Pelzmützen aufsetzten und wie die Männer ihnen in ihre

Überschuhe halfen und dabei aus flachen silbernen Flaschen tranken. Dann sah ich sie kommen. Sie kam die
hintere Treppe herunter, die sie mir beschrieben hatte,
und ich erkannte sie sofort an ihren hellen Haaren und
dem ganz leisen Hinken. Sie hatte mich nicht gesehen. Sie
hatte ihren Geigenkasten mit einem Riemen quer über
die Brust geschnallt. Ich schob mich nahe an die Treppe
und sah durch die Gitterstäbe zu ihr hinauf, sah, dass sie
blass war, rundgesichtig, und als hätte sich eine Tür in
mir geöffnet, sah ich diesen Jungen, der ich war und der
hinterm Haus im Gras lag, tödlich verwundet. Sie blieb
stehen und blickte suchend über die Menschen hin, die
immer noch im Foyer durcheinanderliefen. Ich schlug
meinen Kragen hoch und bahnte mir einen Weg zu den
Glasflügeltüren. Draußen fiel der Schnee auf mein Haar,
und ich hob das Kinn und ließ ihn auf mein Gesicht fallen.

»Du bist unfähig zu lieben!« Meine Mutter hat das
gesagt. Sie hat es anders gemeint. Aber als hätte sie einen
Fluch ausgesprochen, höre ich diesen Satz von meinen
Frauen, und genau wie damals bei meiner Mutter gehören immer Tränen zu diesem Satz.

Die Zinnien und Federnelken, die ich Mutter bringe,
lassen nach einer Stunde die Köpfe hängen. Ich habe
diese Blumen gewählt, weil ähnliche in ihrem Garten
neben der Bank standen. Ida hat das ganze Beet um-
gegraben und mit Moos, Flechten und Steinen versucht,
eine Art Urlandschaft anzulegen für ihre kleinen Leute.
Der See mit der vergrabenen Plastikplane lief immer aus.
Jetzt ist er fast nicht mehr zu sehen. Meine Mutter be-
fühlt die Blumen. »Woher ist das?«, fragt sie.

❖

Ich werde verlegen, wenn Frauen weinen, und ich werde ungeduldig. Den meisten fällt es so leicht. Ida hat nur einmal geweint, nach unserem blöden Krach, und vielleicht auch nur, weil ich so geweint habe. Das war ein furchtbarer Moment. Ich schäme mich noch immer. Ich habe meiner Mutter gleich danach alles erzählt. Sie hat genickt und ein bisschen gehustet. Sie hatte damals eine Erkältung. Ich habe versucht, ihr die Nase zu putzen. Das hat sie abgewehrt.

Ich weiß nicht genau, wie ich zu Ida gekommen bin. Nicht, dass ich zu betrunken war, das war ich auch, aber sie hat sich irgendwie ohne Vorwarnung meiner bemächtigt, an diesem Zombie-Abend auf diesem Fest, auf dem es so langweilig war, dass ich nicht mal Lust hatte, mir die Frauen genauer anzuschauen. Mag sein, dass Martha mir zu schaffen machte. Sie war die Gastgeberin und sie suchte die Musik aus, Musik aus den alten Zeiten, als wir oft zusammen in der Nordstadt herumzogen und an den vertrauten Tresen herumlungerten. Sie war's immer, die dann dort irgendwelche Musik bestellte, und ich, der ich nicht sehr musikalisch bin, hatte das Zeug dann im Ohr. Ich glaube, das war auch ihre Absicht. Ich habe Martha gleich am Anfang gesagt, und ich erinnere mich noch gut daran, weil sie darüber übertrieben lachte, mit aufgerissenem Mund, dass ich auf keinen Fall einer für diese vorwurfsbeladenen, schuldgefühlschwangeren Liebesgeschichten sei.

Diese Geschichte mit Ida war anders, das hat mich

vor allem am Anfang verwirrt. Wenn ich zu ihr sagte: »Ich bin kein Mann für die Liebe«, dann verdrehte sie die Augen. Sie hat mir einmal ein T-Shirt geschenkt, auf dem stand »Hasenfuß«.

Also das Fest bei Martha, in einer Dachwohnung und es dudeln diese alten Ohrwürmer und alle tanzen dazu. Lauter Leute ungefähr so alt wie ich. Nicht mehr ganz jung, noch nicht ganz alt, so dazwischen. Alle schon mit Berufen und manche mit Ehepartnern und auch schon Kindern. Und Martha lässt mich nicht aus den Augen, obwohl sie die ganze Zeit mit einem Mann zusammenklebt. Wahrscheinlich ist das ihr Neuer. Und ich tanze irgendwann mit Ida, ohne sie zu kennen, und sie hat ein Kleid an, das sie immerzu zurechtziehen muss, auch beim Tanzen, und ich finde sie verklemmt und nicht der Mühe wert.

Dann, viel später, viele Leute sind schon gegangen und das Licht brennt nur noch in der Küche, und im Wohnzimmer liegen trotzdem noch Knäuel von Leuten auf dem Teppich herum und auf den Sofas. Ich stehe da – und der Raum zittert und zerfällt in weiße und tintenblaue Flecken, und es ist so ein leises Summen in der Luft, als wären das nächtliche Blumenbeete, über denen Nachtfalter flattern, oder Bienen. Und ich knie nieder und krabble zu einer Frau, die da ausgebreitet liegt, blau auf der hellen Sandbank des Sofas, und ich richte mich auf, hebe die Hände und strecke die Zunge heraus.

»Ich bin der Ameisenbär«, sage ich, und ich weiß nicht, warum ich das sage, aber sofort, als hätte ich einen

Zauber ausgesprochen, fühle ich meinen Kopf lang werden, meine Zunge klebrig, winzige harte Ohren wachsen mir und ebenholzfarbene Krallen schieben sich aus
meinen Fingern, und dieser neue Körper trägt mich über
das letzte Stück Teppich und über den Rand des Sofas,
und dann tauche ich meine Zunge ein, das ist kein Ter-
mitenhügel, schießt mir durch den Kopf, ehe der sich
vollständig abschaltet. Und da ist Ida, unter mir. Was ich
als Einziges bemerke ist, dass ich küsse und dass auch
ich geküsst werde, und dass sich das so gehört und dass
alles andere vollkommen unwichtig wird. Und es hört
gar nicht mehr auf. Irgendwann steht Ida auf und zerrt
an ihrem Kleid herum, und ich stehe auf und sage: »Wo
wohnst du?«

Und sie hat sich losgemacht von meinen Armen, die
ich gar nicht mehr bei mir behalten konnte, und sie hat
gesagt: »Ich ruf dich an«, und natürlich hat sie mich erst
mal nicht angerufen, weil sie keine Ahnung hatte, wie
ich heiße. Aber ich habe sie nicht aus dem Kopf ge-
kriegt, aber Martha kannte sie nicht, keiner kannte sie.
Und dann, nach zehn Tagen, hat sie auf meinen Anruf-
beantworter gesprochen, so was Ähnliches wie: »Nenn
mich die Göttin der Ameisenbären.« Sie war's, die mich
gefunden hat. Frauen finden einen eigentlich immer –
wenn sie wollen, aber von ihr habe ich nicht geglaubt,
dass sie will. Warum eigentlich nicht? Ich kam mir
so nackt vor, wenn ich bei ihr war, eigentlich immer.
Manchmal rief sie an und bestellte mich in ein Hotel.
Manchmal war sie in meiner Stadt, um über irgendein
Projekt zu verhandeln, und manchmal rief sie nachts von

irgendwo an, und wenn ich konnte, kam ich dahin. Einmal, als ich diese Lottokönigin interviewte, die all ihr Geld in eine zerstörte Bibliothek in Afghanistan stecken wollte, stand Ida plötzlich da, an mein Auto gelehnt, mit ihrer roten Mütze. Mitten in der Nacht.

Seit es Ida gab, seit ich wusste, sie beherrscht mein Universum, seit ich sie in mir herumtrug, ekelhaft präsent in mir wie eine Krankheit, lebte ich in ständiger Unruhe, als könnte ich die Räume, in denen ich mich bewege und in die ich niemanden einlassen wollte, schon gar nicht eine Frau, schon gar nicht eine Frau wie Ida, als könnte ich diese Räume nicht mehr richtig abdichten gegen die Welt. Am Anfang fragte Ida mich, was ich machte, wenn sie nicht bei mir war. Sie fragte mich nie, ob ich andere Frauen träfe. Und trotzdem lebte ich in der ständigen Sorge, dass sie log, sich nur verstellte und plötzlich ausbrechen könnte wie ein Vulkan, um meinen Untergang heraufzubeschwören.

»Du bist wie ein Junge, der Angst hat, die Mama erwischt ihn beim Onanieren«, sagt Harry, dem ich manchmal was vorjammerte an der Theke. »Was wär denn, wenn sie's rausfindet?«, sagt Harry. »Wär das so schlimm?«

»Das verstehst du nicht«, sage ich. »Es ist Ernst.«

»Du liebst sie?« Harry findet das komisch.

»Ach nein, Liebe, was ist das?«

»Na das!«, ruft Harry und putzt den Tresen. »Na das, was dich am Wickel hat, Wölfchen.«

»Gib mir noch einen«, sage ich und halte ihm mein Wodkaglas hin.

»Wieso lässt du's dann nicht, das mit den anderen Mädels?«, fragt Harry. Seine Augen glitzern.

Und ich überlege, wie ich ihn zum Lachen bringen kann.

Die Puppe ist handgroß und ganz aus rosa Samt genäht, mit einem Gesicht aus Pappe. Meine Schwester Lore hat sie meiner Mutter gebracht, und nun hält Mutter diesen rosa Zwerg auf dem Schoß. Lore sagt, das sei eine Puppe, die sie kenne. Vater habe sie ihr geschossen am Schießstand. Ich habe das Ding noch nie gesehen. Sie will nicht essen, und ich esse das Apfelmus auf, als ich merke, wie hungrig ich bin.

Idas »Manschkerl«, so nannte sie die Kerlchen, die manchmal daumengroß waren, manchmal handgroß, manchmal nicht größer als eine Fliege. Sie zeigte mir Fotos von einer »Niederlassung«. Es gab gestufte Pyramiden, kubusartige Häuschen, die aneinanderkleben und Straßen und Plätze formen, Sportarenen und Götterbilder – und natürlich die Bewohner, alles aus rötlichem Ton und ungebrannt. Dieser Minikosmos wuchert nicht in einer Galerie oder in einem Museum, sondern in einer Nische, die aufgerissen klafft an einem Abrisshaus aus roten Ziegeln. Und da siedeln ihre kleinen Leute und haben da ihre »Kultur«, sagt Ida, und sie fotografiert sie dabei, wie sie langsam untergehen, zerfallen, weggespült werden und verschwinden. Und wer an ihnen vorbeikommt, sieht sie vielleicht oder vielleicht auch nicht. Ich verstehe es nicht so richtig. Es ist ihre Botschaft, sagt Ida. Und es gibt Leute, die geben Geld dafür aus, Leute, die ihre Fotos kaufen, und Leute, die sie mit diesen Geschöpfen und ihren Welten einladen, nach San Francisco oder Delhi, und dort macht sie dann Figuren aus Kuhdung oder aus alten Kaugummis, das weiß man vorher nicht. Sie wohnt in einer Stadt, die mir nicht besonders gefällt, und ich war nur dieses eine Mal dort, als ich nach Ida gesucht habe, weil ich es nicht mehr ausgehalten habe ohne sie. Wir saßen in einem kleinen Park, und vor uns auf der Wiese lagen Leute in der Sonne und Hunde liefen dazwischen herum. Es war so ein heißer, fürchterlich glitzernder Tag, und alles blendete mich und machte mich müde. Dann gingen wir in ein Hotel, denn sie wollte mich nicht mit nach Hause nehmen, wo Galeristen in ihrer Wohnung campieren, sagt sie, die sie aus Reykjavik kennt.

Ich war gerne im Hotel, am Nachmittag, mit einer Frau und das Läuten der Kirchenglocken und Tauben vor dem Fenster.

Wie ich plötzlich alles hören kann, wie ich plötzlich zurückgeworfen werde auf dieses Bett.

Ida will mich, sie will mich, und ich binde ihr die Augen zu mit meinem Schal und ich halte ihre ungeduldigen Hände fest, ich umfasse ihre Füßen mit meinen, wie mit einer Zange, ich zwinge sie, ganz ruhig zu liegen, ohne zu sprechen. Ich halte sie umklammert und ich lasse sie meinen Atem atmen. Alles Mögliche tue ich ihr an, Sachen, böse Sachen, die mir gerade Lust bereiten, und dann zwinge ich sie, mir zu antworten, mit mir zu reden und mir zu sagen, was ich da gerade tue, was ich gleich tun werde, was ich gleich tun soll. Und irgendwann fängt sie an zu zittern, erst nur wenig, ganz so, wie ich es mir gewünscht habe, ich halte sie so, erlöse sie nicht und bringe sie zum Schreien. Erst als sie ansetzt, das zu schreien, was ich nicht hören will, halte ich ihr den Mund zu. Ich weiß, was da herauswill, aber nicht für mich, bitte nicht für mich. Aber dann sagt sie es doch, später, mit dem Kopf in meine Achselhöhle gedrängt: »Du tust mir nicht gut.« Ich kann nicht antworten, kann nicht sprechen, und so rolle ich mich um sie wie ein Schutzwall und halte ihr Augen und Mund zu und schaukle sie und warte, dass es vorbeigeht und wir uns wieder ineinanderschieben und alles neu anfängt.

»Man darf sie nicht allein lassen mit den Erdbeeren«, sagt die Pflegerin. Ich reiche meiner Mutter Beere auf Beere, ihre Hände zittern vor Ungeduld. Sie kümmert sich nicht um die Wespen, die auf den Beeren herumkrabbeln. Die alte Opernsängerin im Nebenzimmer ist erstickt an einem Wespenstich.

Wieder ist es Juli und tropisch heiß.

Im letzten Juli war es vielleicht noch heißer, und am Zaun starben alle Bambusbüsche. Sie blühten und starben.

Das war der Juli, in dem meine Mutter nicht mehr allein leben konnte, obwohl sie das wollte, der Juli, in dem meine Schwestern angereist kamen, um sich um alles zu kümmern, um im Häuschen aufzuräumen. Ich telefonierte jeden Abend mit ihnen. Ich hatte zum Glück in Halifax zu tun. Sie ließen mir alles da, den Glastisch, einen Stuhl, das Bett und natürlich den Garten. Ich hatte keine Möglichkeit, das abzulehnen. »Lass einen Gärtner kommen«, sagten sie. Ich versprach ihnen, mich um das Häuschen und den Garten zu kümmern.

Es war auch der Juli, in dem ich Ida auf dem Fest von Martha traf. Ich dachte danach, ja, ich würde sie nie wiedersehen, aber sie rief an, und nach zwei Wochen, an einem Sommerabend, kam sie mit einem Taxi, gerade als es anfing zu dämmern, und ich zeigte ihr das kleine traurige Gärtchen. Da standen wir in der offenen Tür und schauten über dieses kleine Stück Wiese, auf dem das Gras hoch stand, mit Butterblumen und Margeriten. Dunkle Ringe lagen unter ihren Augen, in dem blassen Gesicht, das mich an das Schneewittchen erinnerte, das ich als Kind auf dem Schoß meiner Mutter im Theater gesehen hatte.

»Weißt du noch, wie du mit mir in ›Schneewittchen‹ gegangen bist? Zweimal, weil ich so gebettelt habe, weißt du noch?«

Meine Mutter wendet mir ihr Gesicht zu und öffnet weit die Augen, als hätte ich ihr irgendetwas Grauenhaftes gestanden.

Ida war ein klein wenig größer als ich, und wir standen da in der Tür, Auge in Auge. Ich hatte ganz vergessen, was für einen Mund sie hatte, und Sehnsucht überkam mich mit der Kraft der Erinnerung. Sie las das von meinem Gesicht ab und küsste mich. Sie war's, die mich küsste. Das war ungewohnt, schwindelerregend.

»Ich habe an nichts anderes gedacht als an das«, sagte sie in einer Atempause.

Ich war so verlegen, dass mir nichts Richtiges einfiel, und ich sagte: »Bei uns hat's ganz schön gefunkt«, und sie gab mir einen kleinen Schubs und sagte: »Red keinen Mist.« Und sie hatte ja recht.

»Ich bin nicht ganz bei Trost«, sagte ich, und sie sagte: »Willst du mich? Sag sofort, dass du mich willst!« Als Antwort küssten wir uns wieder, und ich versuchte ihr zu zeigen, wie sehr ich sie wollte, und das fiel mir nicht schwer.

Noch nach Tagen sah man das Bett aus niedergedrückten Halmen in der Mitte des Rasens, wo wir zusammenlagen, so wie im Gedicht »gebrochen bluomen unde gras«. Doch es waren keine Linden da, nur eine Birke neben der Terrasse, und es war Nacht und kein Vogel sang. Ida war es, die dort im Garten mit mir zusammenliegen wollte, sie war kaum zurückzuhalten, aber ich dachte an die Nachbarn, Mamas Nachbarn, und so warteten wir und tranken Wein, bis es ganz, ganz dunkel war und die Flugzeuge rot blinkend über uns flogen und die Sterne auf uns herunterzwinkerten. Ida sagte, sie hätten gezwinkert.

Vielleicht war das unsere schönste Nacht, dort im Gras, vielleicht bin ich auch jetzt nur sentimental und lächerlich romantisch.

Irgendwann standen wir auf, weil wir die Ameisen zu spüren begannen, und krochen in Mamas schmales

Bett. Es schien uns nicht schmal, noch morgens habe ich abgerissene Kleeblättchen auf Idas Haut gefunden.

Ach, der Tag danach.

Sie erzählte mir von ihren Geschöpfen aus Pappe und Ton und zusammengeklebt aus Sachen, die sie auf der Straße findet, und ich erzählte ihr von der Zeitung, dem Funk und meinen Interviews und dem Buch, das bald daraus entstanden sein würde und für das ich einen Verlag suchte. Dazwischen aßen wir Oliven, Sardinen und Dinkelkekse aus Mamas Vorrat, und tranken Wein, und aus dem Garten kam der Geruch von blühendem Holunder. »Ein bisschen wie Katzenpipi«, sagte Ida, und sie sagte, dieser Garten gehöre ja nun mir, und sie brauche einen Ort, an dem sie ihre kleinen Leute aufstellen könne, um sie zu fotografieren und so. Und ich sagte: »Der Garten gehört dir!« Und sie sagte, sie habe sich entschlossen, gleich am Anfang einiges zu klären, und sie erzählte mir von dem Mann, mit dem sie vor mir zusammen war. Aber ich hörte nicht zu, denn ich hasste ihn sofort und spürte verblüfft, wie wütend mich die Vorstellung machte, einen fremden nackten Mann zwischen Idas Beinen zu sehen, die eben neben mir aufgerichtet wurden wie ein kleiner Giebel und auf deren Kühle ich meine heißen Hände legte. Ida sagte, sie wolle keinen Trinker und keinen Lügner und keinen, der Nebenfrauen hat. Und ich lachte laut und erleichtert und sagte: »Gott sei Dank, ich dachte schon, jetzt käme was Schlimmes.«

Und sie erzählte mir, wie ihr Vater ihre Mutter belogen und betrogen hatte und wie sie ihn als Kind dafür ängstlich geliebt und ängstlich gehasst hatte.

Und ich erzählte ihr, wie meine Eltern sich die halbe Nacht angeschrien hatten und wie meine Mutter meinen Vater so lange reizte, bis ihm die Hand ausrutschte.

Und ich erzählte ihr von Lilli und sagte, ich sei noch immer traumatisiert von ihren fürchterlichen Szenen und ihren Attacken. Und ich könne keine Szenen mit Geschrei aushalten und keine eifersüchtigen Frauen. Davon würde ich krank.

Und Ida hält mein Gesicht und sagt leichthin: »Keine Angst, wenn so was läuft, mach ich einen riesigen Satz und bin weg. Für immer.«

Und dann umarmen wir uns wieder, und so geht es weiter und weiter.

Als sie dann am Sonntagabend wegfuhr, hatte ich das Gefühl, man habe mich von ihr losgeschnitten an der Brust.

Als sie damals wegfuhr, glaubte ich, mein ganzes Leben würde sich verändern.

Ich höre kleine erstickte Seufzer. Tränen laufen über die Wangen meiner Mutter. Sie sitzt ganz still, die Augen auf die Dächer drüben jenseits der Straße gerichtet. Ungelenk knie ich mich neben sie und will meine Arme um sie legen, aber sie wehrt mich ab. »Raus!«, ruft sie. »Fort, fort mit dir, raus!« Sie schließt die Augen, um Kraft zu sammeln. »Raus!« Aber ich gehorche ihr nicht.

Zuerst habe ich die anderen Frauen nicht mehr beachtet. Ich ging an ihnen vorbei, empfing ihre Signale, blieb aber unberührt. Ida kam, und ich brannte schon vorher und stand so im Garten, im schlaffen Gras, nachts allein und voller Ungeduld, und bildete mir ein, man könne mich leuchten sehen, sogar oben in den Flugzeugen, die über mir hinweg flogen. Ida kam, oder wir trafen uns irgendwo. Es waren immer nur ein paar Tage, und immer war die Zeit eine andere Zeit und so rasch vorbei.

Ida hatte die Beerensträucher herausgerissen und im Gartencenter große Steine bestellt. Ich lungerte um sie herum, sog ihren verbrannten Geruch ein und sah zu, wie sie in der Erde wühlte, an Pflanzen zerrte und sie über den Zaun warf, die Kiesel vom Fluss zu Ketten ordnete, Grasbüschel zusammenband. Sie war außer sich und fremd in ihrer Raserei, aber auch einfach wunderschön und begehrenswert für mich. Ich hatte keine Ahnung, um was es eigentlich ging.

Es war, als zöge mit ihren Figuren auch Ida in meinen Garten und wäre wie im Märchen für immer dort gefangen, und doch, die kleinen Männchen waren ein bisschen unheimlich, und ich wagte nicht, nach ihnen zu treten, wie ich es manchmal gerne getan hätte. Ich hätte es tun sollen.

Ich hatte plötzlich dieses Gefühl, dass ich vollgestopft sei mit Kraft und Glück und dass ich das einfach unter die Leute bringen müsse, ausgeben wie einen Lottogewinn.

Harry, der Wirt, zwinkert mir zu und stellt mir eine in Scheibchen geschnittene Wurst hin, in der Zahnstocher stecken. Er denkt mit, so nennt er das.

Die Frau setzt sich zu mir an den Tresen und tut so, als hätte sie sich neben einen freien Stuhl gesetzt. Vor mir stehen aufgereiht meine leeren und noch vollen Gläser. Die Frau gefällt mir sofort. Ihre Schenkel sind nackt und glänzen braun, wie Süßigkeiten. Und sie hat lange Hände mit siegellackroten Nägeln, die an den Tresen klappern wie Hagelkörner. Ich sehe ihre Hände unterwegs auf meinem Schoß. Sehe sie mir alles Mögliche antun, sehe sie sich öffnen, glitzernd von meiner Feuchtigkeit. Nun bin ich bei ihren Brüsten, eingepfercht wie kleine Tiere, ganz darauf aus, von mir befreit zu werden. Ihr Gesicht schwankt unter der Lampe wie ein heller Ballon, und ich erschrecke, weil es mir so bekannt vorkommt. Ich neige mich diesem seidig glänzenden Gesicht zu, langsam, ganz langsam, und bin neugierig, was passiert. Sie hält mich auf. Ich fühle ihre harten kalten Nägel durch mein Hemd auf meiner Brust.

»Wollen Sie hier vom Stuhl kippen?« Ihre Stimme passt nicht. Zu hoch und mit einem Sprung, doch ich finde das gut so. »Ich will auf Sie kippen«, höre ich mich sagen, etwas undeutlich. Sie stößt einen kleinen, viel zu hohen Juchzer aus. Diesmal vor Gelächter. »Aber zuerst gehen wir woandershin«, sage ich streng, und damit ist festgelegt, wer hier das Sagen hat. Sie rutscht vom Stuhl. Ich werde ihr diese Schuhe ausziehen, auf denen sie schwankt und schier umknickt bei der Landung auf dem Boden, tief unter uns. Weiße Schuhe mit vielen Schlaufen. Sie erheitert mich. Ich kann nur richtig ausgelassen sein, wenn ich so bin wie jetzt. Ich schwimme mit ihr durch die körperwarme Luft durch die Tür hinaus. Leute tauchen auf vor mir, neben mir, sie treiben vorbei. Ich bin ein Meister des Slaloms, des Ausweichens, ein Tänzer. Sie klammert sich an mich. Der Himmel, noch hell und kobaltblau, der Abend, noch so jung und zart, riecht nach Birnenschnaps und heißem Blech. Ich habe Lust, Ida anzurufen, um ihr zu sagen, wie gut es mir geht.

Schön wäre es, wenn ich mit Ida darüber sprechen könnte. Keine Details, nur eben genug, um nicht allein zu sein mit diesem Gefühl, das mich oft plötzlich übermannt, das Gefühl, dass ich Ida verlieren werde, weil ich ein Feigling bin.

Ich sage zu ihr: »Ich bin ein großer Feigling«, und sie lacht und sagt: »Ich auch.«

Sie liegt auf einer Luftmatratze im Garten, nackt, ohne sich um die Nachbarn zu scheren.

»Weißt du, dass meine Mutter noch immer nach den Stachelbeerbüschen fragt?«, sage ich. Ida lacht. Sie streckt ihre Hand aus und klaubt drei ihrer Geschöpfe vom Stamm der Birke und setzt sie hinüber ins Lavendelpolster. Sie stehen nicht gleich richtig, und sie streckt und verrenkt sich, um sie so aufzustellen, wie sie das haben will. Das dauert.

»Schade, dass Mama nicht sehen kann, was hier los ist«, sagt sie schließlich.

Es ist sehr heiß, und ich spanne einen Sonnenschirm über ihr auf, den wir im Baumarkt geholt haben. Sie betrachtet mich dabei und sagt: »Wie schön du bist, zieh die Hosen aus.« Aber ich kann nicht. Sie winkt mich zu sich heran und lässt ihre Hand in meiner kurzen Hose verschwinden, dabei schaut sie mich an, den Mund verzogen, die Augen spitzbübisch. Sie wartet darauf, dass ich sie abschüttle. Tue ich aber nicht.

»Wie heiß du bist«, sagt sie. »Da, ja, da, man könnte sich die Finger verbrennen.«

»Magst du mich?«, höre ich mich sagen, und sie, die Stimme heiser und tonlos, sagt: »Komm ins Haus, du.«

Ida fragte mich am Telefon, wo ich gestern Nacht war, und ich sagte ihr, sie soll so was nicht fragen. Sie fragte im Bett, wer mich da gekratzt habe am Schulterblatt, und ich sagte ihr, sie solle sich nicht den Kopf zerbrechen.

Ich fühlte mich ganz sicher, denn Ida war verrückt nach mir, das hatte sie selbst gesagt.

Ich fuhr nach Hamburg und wohnte bei Lea. Eigentlich hatte ich zu arbeiten, ein Interview mit einem Schauspieler, aber ich blieb drei Tage bei Lea, die mich im Bett Robbe nannte und für mich alle Termine sausen ließ.

Der alte berühmte Mann will mit mir sprechen, aber nicht zu Hause, sondern bei seinem »Barbier«, wie er sagt. Ich sitze hinter ihm und sehe sein Gesicht im Spiegel, während er rasiert wird und gekämmt, und wir sprechen. Er clownt für mich im Spiegel und albert mit dem lächelnden Friseur herum, der so alt ist wie er und

so schneeweiß wie er. Ich frage ihn zu all seinen Er-
folgen, zu allen berühmten Regisseuren, mit denen er
gearbeitet hat und die alle schon tot sind. Er lebt auf,
sprudelt, kichert, zappelt. Er steckt mich an.

Als ich ihn nach Cora, seiner großen Liebe, frage,
einer Frau aus Ecuador, die ihn verlassen hat, gibt er mir
ein Zeichen, und nachdem ihm der alte Friseur die
Haarstoppeln von den Backen gebürstet hat und seinen Umhang abgenommen hat, gehen wir eingehakt
und nicht zu schnell in das Café an der Ecke und setzen uns.

»Jetzt«, sagt er zu mir. »Jetzt erst nach all den Jahren
verstehe ich Cora. Ist es nicht traurig, dass ich mein Leben lang auf Sparflamme vor mich hin geköchelt habe?
Ich alter Idiot.«

»Aber hören Sie«, sage ich, »Sie haben doch die
Frauen reihenweise abgeerntet, Sie haben doch sprich-
wörtlich ...« Er winkt ab, trinkt aus seinem Espresso-
tässchen, wobei er die Oberlippe zu einer kleinen Fleisch-
rüsche zusammenzieht. »Habe ich, habe ich, habe ich,
und warum? Ich wollte es immer wieder wissen, ich
wollte es mir immer wieder beweisen: Du kriegst sie, du
kriegst sie alle, du kriegst auch die! Und so war's dann
ja auch.«

»Und Cora?«, frage ich.

»Cora, die war's!«, sagt er. »Cora war's einfach«, er
nimmt die Brille ab und schaut mich eindringlich an,
seine Augen immer noch blau wie Vergissmeinnicht.

»Vor ihr hatte ich eine Heidenangst, anders als bei
allen anderen Frauen. Sie hätte mich zerquetschen kön-

nen wie einen Käfer, das wusste ich, und das hat sie dann ja auch getan.«

Ich schaue ihn an. Er lächelt.

»Eine solche Frau wirklich zu lieben heißt zu sterben, und das wusste ich«, sagt er und winkt dem Kellner. »Den Satz habe ich auf der Bühne immer besonders geliebt. Wie wär's mit einem kleinen Roten?«

»Wo stammt der her?« Idas Stimme war kalt und gelangweilt. Der Knutschfleck sitzt über dem Schlüsselbein und stammt von Nicole. »Von dir, von dir«, sage ich ganz leise. »Von dir.« Aber ich komme fast um vor Angst. »Nee«, sagt Ida, »auf keinen Fall.« Schon bin ich aus dem Bett. Ich höre mich brüllen. »Hör auf! Hör sofort auf!« Ich bin kopflos und so wütend, dass mir die Worte fehlen. Ich sage ihr, dass sie mir vertrauen muss, dass sie krank ist und unsere Liebe zerstört. Ich sage ihr, dass es außer ihr keine Frau gibt für mich. Das ist nicht gelogen.

Lilli, die vor mir steht mit dem Messer in der Hand. Sie schluchzt so laut, dass ich ihren Tränen gar nicht richtig glauben kann, diesen Tränenströmen, die mich an Wachstropfen erinnern, die bei Zugluft an Kirchenkerzen herunterrinnen. Wo habe ich das zum letzten Mal gesehen? In einer windigen italienischen Kirche, umgeben von zeternden Bettelkindern, die an mir zerrten ... Lilli, meine Lilli, steht vor mir mit dem Messer, und ihr Gesicht ist nass, sogar aus ihrer Nase läuft Wasser. »Ich

bring dich um«, schreit sie. »Lügner, verfluchter Lügner!«

Lilli, die sich im Bad versteckt hat und plötzlich in
der Tür steht. Ich bin auf dem roten Sofa mit Sophie, es
ist Herbst und die tief stehende Sonne scheint durchs
Fenster herein. Lilli steht in einer durchsichtigen Scheibe
Sonnenlicht, dort in der offenen Tür wie ein böser Geist.
Später finde ich nichts weiter im Bad als einen Schuh
von ihr und eine Lache Erbrochenes.

Und einmal nachts, als ich sie festhalte im Dunkeln
und ihr versprochen habe, Sophie oder wen auch immer
nie mehr zu sehen, und sie mich ganz müde gemacht
hat mit ihrem Weinen und den langen Listen ihrer Zweifel und ihrer Hoffnungen, da, in meinem Arm, nachts im
Dunkeln, schlingt sie ihre Arme und Beine um mich und
drückt ihr Gesicht in meine Halsgrube. So fest, dass ich
ihre Zähne spüre, die sich in meine Haut bohren, und
sie stammelt immer wieder, ich soll sagen, dass ich ihr
Mann bin, nur ihrer, und ich soll sagen, dass sie meine
Frau ist. Und sie schwitzt und sie keucht, und eigentlich
genieße ich das, weil wir so nah zusammenkommen, so
heftig und so schmerzhaft, aber als ich dann aufstehe,
um pinkeln zu gehen, merke ich, welche Lust ich habe,
mich zu duschen und aus dem Haus zu gehen, hinaus
auf die Straße, die im Regen glitzert, und wie gerne ich
allein läge in dem Bett, in dem Lilli keucht und schwitzt
und darauf wartet, dass ich zurückkomme.

Ida lässt die Sache auf sich beruhen, Fleck hin oder
her. Aber sie ist nicht wirklich entspannt, und wir
schreien uns an, zum ersten Mal, und am nächsten Mor-

gen ruft sie mich an und sagt, sie brauche Zeit für sich. Kein gutes Zeichen.

An diesem Morgen, ich sollte nach Leipzig, war ich so krank, dass ich dachte, ich könnte nicht in den Zug steigen. Natürlich steige ich dann doch ganz ohne Schwierigkeiten in den Zug. Ich muss nach Leipzig und eine ziemlich betagte Frau interviewen, eine alte Diva, die mit allen möglichen Künstlern und Schriftstellern befreundet war. Ich treffe sie im Café, und sie trägt einen großen schwarzen Hut und ist zerbrechlich und dabei kokett. Mit ihrer kalten kleinen Klaue umfasst sie mein Handgelenk und sagt: »Ich liebe gut aussehende, wohl-erzogene Männer.« Sie riecht nach Lavendel und raucht. Sie drängt Ida an den Rand meines Bewusstseins, und die ganzen Tage verbringe ich in der trügerischen Leich-tigkeit einer Welt von Salons, Exildichtern und Parma-veilchen. Abends im Hotel versuche ich, Ida zu erreichen, immer wieder. Lilli hat einmal gesagt, aus unserem ge-meinsamen Verlies, unserer gemeinsamen Folterkammer, gebe es kein Entkommen. Und so liege ich und kann nicht schlafen. Ida hält sich irgendwie nicht an die Spiel-regeln. Das verwirrt mich.

Gustav Mahler schreibt an seine Geliebte, nicht an Alma, an die Opernsängerin vor Alma, bestimmt seine größte Obsession: »Mir ist so bang nach dir.«

Ich bin im Park mit meiner Mutter. Sie sitzt aufrecht im Rollstuhl und erlaubt mir nicht, die Decke über ihren

Knien zurechtzuziehen. Ich setze mich auf eine Bank und schaue den Schwänen und Enten zu auf dem See. Ich zeige sie meiner Mutter, sie nickt. Sie lächelt nie, obwohl ich mich sehr bemühe. Als Kind bin ich, wenn mein Vater nicht da war, nachts heimlich in ihr Bett geschlüpft. Niemand durfte das wissen, meinen Schwestern erlaubte sie das nie. Mein Vater hätte mich verprügelt. Sie sagte nie ein einziges böses Wort gegen ihn. Wenn ich eingeschlafen war, an sie gekuschelt, trug sie mich in mein Bett. Meistens wachte ich auf und genoss es, mich schlafend zu stellen, ganz schlaff und willenlos. Ich ziehe die Decke über ihre Knie, und sie schiebt meine Hand weg.

»Nicht«, sagt sie. »Nein, hör auf.«

Ganz am Anfang habe ich Ida mitgenommen zu meiner Mutter. Ich weiß nicht genau, warum. Ich wollte Ida meiner Mutter zeigen, sie hatte da noch hin und wieder Tage, an denen sie ganz klar war und geradezu gesprächig.

Meine Mutter hat meine Freundinnen nie gemocht, keine Einzige hat ihr je gefallen, und ich hörte irgendwann auf, sie ihr vorzuführen. Sie schüttelte traurig den Kopf. »Schlampen, alles Schlampen ...«, sagte sie. Oder: »Mach keine gekochten Schafsaugen auf die, solange ich im Zimmer bin.«

Ich glaube heute, dass ich Ida für etwas Besonderes hielt, und weil ich ihr so verfallen war, glaubte ich, sie müsste auch meiner Mutter gefallen. Es konnte gar nicht anders sein. Sie saß am gedeckten Kaffeetisch, als wir kamen. Hier in diesem Zimmer.

Meine Mutter ist aufgeregt. Sie zieht an den Ärmeln ihrer Wolljacke. Sie macht ihr Brillenetui auf und zu. Sie wiegt den Oberkörper hin und her, dabei lächelt sie. Mich hat sie immer erkannt, auch an ihren ganz schlechten Tagen. Die Pflegerin hält Idas Blumen und sagt, dass sie an manchen Tagen niemanden mehr erkennt und furchtbar zu schreien anfängt, wenn jemand ins Zimmer kommt. Mich erkennt sie sofort. Sie hält mit beiden Händen meine Hand fest und drückt sie an ihre Wange.

»Sie geben mir Spritzen«, sagt sie. »Da, immer dahin, unters Haar, damit niemand es sehen kann«, sagt sie. »Hast du mir was mitgebracht?«, sagt sie. »Ich will Lebkuchen. Elisen-Lebkuchen.«

»Das ist Ida«, sage ich und schiebe Ida an sie heran. Sie versucht Ida davonzufegen mit einer Armbewegung, aber sie reicht nicht weit genug und wirft nur ihre Tasse um. Meine Mutter ist noch immer so zart und feingliedrig wie als junge Frau auf den Fotos. Ihr langer Hals, das Köpfchen mit den jetzt weißen Locken, die schön geschwungenen Brauen. »Wie Mondsicheln«, habe ich als Kind zu ihr gesagt, und sie hat das oft erzählt.

Als ich aufstand, hielt sie meine Hand mit beiden Händen fest und lächelte bebend, wollte mich nicht fortlassen, und als hätte ich plötzlich andere Augen, sah ich, dass sie hinfällig und vertrocknet ist wie eine kleine Eidechse. Ich konnte nicht bleiben.

In der Straßenbahn auf dem Weg nach Hause wollte

ich nicht sprechen. Ida sagte auch nichts, sie ließ mich in Ruhe. So fuhren wir in den Abend hinein.

An einem Winternachmittag im Zug, wir fuhren zu einer Ausstellung, auf der Idas Sachen gezeigt wurden, habe ich Ida unbemerkt eine ganze Stunde lang beobachtet. Sie las, bohrte in der Nase, nickte ein, aß einen Apfel. Sie war so schön, und ich wurde nicht müde, sie anzusehen. Heute erinnere ich mich plötzlich an die seltsame Traurigkeit, mit der ich Ida betrachtete, so nämlich, als betrachtete ich eine Erinnerung.

Und dann hatte Ida mir den Schlüssel abgenommen. Sie brauche ihn, sagte sie, um Galeristen in den Garten zu lassen. »Armageddon« glaube ich, hieß ihr neuestes Szenarium. Mir war nicht wohl dabei, dass sie den Schlüssel hatte. Lilli hatte damals den Schlüssel zu meiner Wohnung, allerdings hat sie sich ihn heimlich machen lassen. Ida hatte mich um den Schlüssel gebeten. Das zwang mich zu höchster Aufmerksamkeit. Ich musste aufpassen wie der Teufel. Nichts durfte herumliegen. Keine Reste, keine Zettel, keine Kleidungsstücke, keine fremden Lippenstifte im Bad. Ich musste immer genau herausfinden, wo Ida gerade war, ehe ich jemanden mitbrachte. Sie wunderte sich über meine vielen Anrufe. In gewisser Weise war's die Hölle, wie Harry meinte. Andererseits war es auch wahnsinnig schön.

Ich komme von der Reise zurück, und Ida ist schon da und liegt in meinem Bett. Das Haus verändert sich, wenn sie da ist, wird zu einer holzigen Schale um einen lebendigen Kern. Der Hausgang sieht anders aus, wenn ihre Schuhe dastehen. Die Wohnung mit allen Möbeln gefällt mir auf einmal gut, als sähe ich durch fremde Augen, ihre Augen. Sogar ich gefalle mir besser als sonst. Und ich denke nicht mehr, mein Körper verdrängt triumphierend alles Nebensächliche. Und jetzt meine Haut auf ihrer Haut. Es ist, als ließe ein wochenlanger unerträglicher Schmerz nach, ein Schmerz, den ich vorher kaum bemerkt habe.

Ida kam nun jedes Wochenende. Sie sagte, sie könne sowieso nicht arbeiten, und das sei meine Schuld. Im Geheimen war ich stolz darauf. Aber Ida durchschaute mich. Sie war gerade dabei, Wasser in einen künstlichen kleinen See zu gießen. Sie stellte die Kanne hin und sagte: »Meine Männchen fühlen sich nicht gut bei dir, das heißt, ich bin eigentlich aus der Balance. Es ist, als würde meine ganze Arbeit peu à peu immer kraftloser. Du zapfst mir da was ab. Ich spür's.« Ida lachte zwar, als sie mir das sagte, aber das Lachen klang nicht wirklich fröhlich. Ich sagte nicht, dass es vielleicht daran liege, dass »Armageddon« den Preis nicht bekommen hatte. Ich sagte auch nicht, wie lächerlich ich das alles fand. Sobald wir uns nackt aneinanderklammerten im Bett, war wie immer alles vergessen.

Ida kam jedes Wochenende, und ich musste mein Leben ändern. Das war nicht so leicht. Am Donnerstag gab's im Supermarkt weniger Frauen von den guten, und wenn, dann solche, die Pampers kauften und das billige Hackfleisch zum Einfrieren und die, wenn ich ihnen in die Hacken fuhr, aussahen, als würden sie mir gerne eine Ohrfeige geben.

In den Kneipen gab's zwar Frauen, aber die mussten am Morgen früh aufstehen, und das nahm ihnen viel von ihrer Abenteuerlust und auch von ihrer Trinklust.

Auf einem Weihnachtsmarkt an einem Dienstag, am Stand mit den Kartoffelpuffern, gelang es mir, eine Friseurin kennenzulernen.

Sie war religiös und voller Hemmungen, aber dann in meiner Umarmung löste sie sich so sehr auf, dass ich ein bisschen erschreckte. Sie wollte mich immerzu treffen und steckte mir Briefchen unter den Scheibenwischer. Ich hasste das alles. Keine guten Frauen, sondern gerade die, die sich an einen klebten wie Kaugummis. Ich brauchte alle Konzentration, um Spuren zu tilgen.

Und doch, seit Ida jeden Freitag kam und wir meistens schon am Sonntag davor besprachen, was wir alles machen wollten, hatte ich das eigenartige Gefühl, vor Anker gegangen zu sein. Mir kann nichts mehr passieren, dachte ich und dass ich ein Glückspilz sei. Aber ich fühlte mich andererseits eben doch auch wie ein Hund, der an die Kette gelegt werden sollte und der Lust hatte, jeden zu beißen, der das versuchte. Und es juckte mich jeden Abend, den ich »frei« hatte – so hab ich das genannt –, auch so frei zu verbringen, wie ich es mir vorstelle.

Ich rief Lea an, und sie besuchte mich, und ich traf Nicole zufällig im Blumenladen, und Anna schrieb ich eine Postkarte. Es tat gut, mit all diesen vertrauten Frauen zusammen zu sein, und allen erzählte ich, dass ich Ida liebe und dass da nichts dran zu rütteln sei. Ich fühlte mich »on top of the world«, so nennt Harry das.

Harry war es auch, der mir riet, etwas Sport zu treiben, um meine Kondition aufzubauen.

»Willst du eins von meinen Steaks, Superman?«, fragte er oft, und manchmal tat ich ihm den Gefallen, obwohl er nie wirklich gutes Fleisch hat.

Gestern Nacht hat es mich plötzlich gepackt, und ich bin hinausgelaufen in den Garten. Es gab einen Mond, dem nicht viel fehlte, um voll zu sein. Der Garten sah so unberührt aus in diesem Licht. Ich lief hinaus und stand mitten im Garten, nackt und ohne auch nur an die Nachbarn zu denken. Ich hatte ab und zu ein Knacken gehört und etwas Hartes unter meinen Füßen gespürt. Dort, wo die großen Steinbrocken lagen, die im Winter so japanisch ausgesehen hatten unter dem Schnee und neben denen Ida diese kleinen verkrüppelten Latschen oder so was Ähnliches gepflanzt hatte, sah ich im bleichen Mondlicht umgefallene Figürchen liegen. In den Ästen der Latschen baumelten ein paar kopfüber, die an etwas wie zerrissenen Fallschirmen hingen. Die anderen waren fast im Sand versunken, aber sie leuchteten trotzdem wie künstliches Zahnfleisch. Ich ekelte mich ein bisschen, hob aber eines auf. Ein seltsames Wesen mit zwei Köpfen, ein anderes hatte drei Arme und ein weiteres ein riesiges erigiertes Glied. Ich ließ es fallen.

Als ich mich umwandte, lag das Haus verlassen im Mondlicht. Verlassen und tot.

❖

Immer war ich es, der aufstehen musste.

Immer scheuchte sie mich aus dem warmen Bett, damit ich Wasser holte, Zigaretten, Schokolade.

Es ist so kalt im Zimmer, dass man unseren Atem sieht, und am Himmel steht ein eisiger Sichelmond. »Scharfgeschliffen wie eine Klinge«, sagt sie. Immer überrascht sie mich mit solchen Sätzen. Sie sagt, unser Bett sei ein Boot, das durch die Nacht segle, sie sagt, Harry habe Augen wie zwei Stiefmütterchen. Aber sie hat es trotzdem nur ein Bier lang ausgehalten an seiner Theke.

Ich krabble aus dem Bett, um Zigaretten zu holen, und mache Licht im Gang und krame in ihrer Manteltasche. Als ich zurückkomme, sitzt sie im Bett und schaut mir entgegen. Ich stehe nackt vor dem Bett, und sie schaut mich an mit großen Augen, als sähe sie mich zum ersten Mal.

»Du leuchtest«, sagt sie. »Du bist es, du bist der goldene Knabe, ich hab's gewusst. Von Anfang an.«

Und sie erzählt mir von dieser Ausstellung in Florenz, bei der man die einzelnen Installationen in der ganzen Stadt suchen musste, mal in einem Palazzo, mal auf einer Piazza, mal im Park, wie Ostereier.

Da gab es die Statue eines Kindes, eines dreizehnjährigen Jungen, der in einem leeren Brunnenbecken aufgestellt war und der daran erinnern sollte, dass in diesem Palazzo zu einem großen Fest ein Knabe prächtig vergoldet wurde und zur Freude der Gäste Saltos schlug, mit Früchten balancierte und alle bezauberte, weil er so jung war und weil ihn das Gold seiner Nacktheit zu einem überirdisch schönen Wesen machte. Einem Götterboten. Und da war auch zu lesen, dass er natürlich noch in dieser Nacht gestorben sei, ohne dass man sich hätte erklären können, warum.

Ich krieche zu Ida ins Bett und klappere mit den Zähnen, und ich umarme sie. »Goldene Knaben sind dem Tod geweiht«, sagt sie traurig. »Ich werde dich nicht behalten dürfen.«

Sie haben mir ein Bett in das Zimmer meiner Mutter gestellt. Sie ist nun schon zum zweiten Mal nachts herumgewandert und hat sich, als sie über ihre Hausschuhe stolperte, den Kopf aufgeschlagen. Ich will nicht, dass sie sie »fixieren«. Meine ältere Schwester will kommen und sehen, wie's um Mutter steht, dann entscheiden wir, wie's weitergeht.

Nachts liege ich angespannt wie eine Schildwache in diesem Bett. Wenn meine Mutter anfängt, zu stöhnen und zu rumoren, steh ich auf und rede mit ihr. An Schlaf ist nicht zu denken, aber das macht nichts. Ich kann sowieso nicht schlafen. Seit Ida weg ist, funktioniert so einiges an mir nicht mehr.

Zu Harry gehe ich jetzt manchmal am Nachmittag, aber die leere dunkle Kneipe tut mir nicht gut, und Harry wird immer gesprächiger. Er sagt, das gebe sich, ich brauchte frisches Blut, eine neue Frau, Urlaub, eine andere Wohnung. Ich finde Harry unerträglich. Nicht mal das Bier schmeckt so wie früher.

Nachts liege ich auf dem unbequemen Bett und habe das Gefühl, keine Luft zu bekommen. Der ganze riesige Bau voller alter Menschen, die in ihren Betten seufzen und husten und wimmern. Der Tod geht wie ein später Besucher unauffällig durch diese Gänge und notiert die Nummern an den Türen in sein Buch.

Der Abend, der Februarabend, als ich diese Frau vor meinem Haus stehen sah, als wartete sie auf mich. Und es ist Lilli.

Lilli ist zurück. Sie sieht jünger aus, aber auch krank. Ihre langen blonden Haare sind abgeschnitten, sie kleben am Kopf wie nasse Federn. Ich erkenne sie nicht. Sie steht am Zaun von Mamas Haus und schlenkert mit den Armen, als sie mich kommen sieht. Ich glaube zuerst, sie will mich um etwas Geld bitten, und wundere mich, denn in diesem Viertel hat es noch nie Bettler gegeben.

Sie steht da und sagt nichts. Sie macht ein Zeichen mit der flachen Hand über die Kehle. Wieso hat man sie rausgelassen? In einer halben Stunde wird Ida kommen, und ich trage eine Plastiktüte mit Champagnerflaschen und anderen Leckereien. Soll ich die Polizei rufen? Soll ich mit ihr sprechen? Ich bleibe stehen und sehe erleichtert, wie sie weggeht. Ich habe Lilli damals sehr nahe an mich herangelassen, und jetzt, als ich die Haustür aufschließe, zieht sich meine Brust zusammen und ich schmecke Blut auf der Zunge. Ich kann mich nicht wehren gegen die Bilder von Lilli und mir. Nicht die schlimmen, die schönen, die wahnsinnigen taumelnden Bilder, die wehtun.

In einer halben Stunde kommt Ida.

Als ich Ida die Tür aufmache, vorsichtig, nicht ohne vorher durch den Türspalt zu spähen, als Ida sich in meine Arme schmeißt und knurrt und quiekt, wie sie das manchmal tut bei großem Überschwang, als ich Ida im Arm halte und über ihre Schulter die Straße hinunterschaue, ob ich da im Nebel irgendwo Lilli stehen sehe, merke ich, dass alles sich verändert hat. Es ist, als ob ein bitterer Tropfen in den süßen Becher gefallen ist. Es ist, als hätte sich die Jahreszeit verändert, hier in diesem Raum mit dem frisch bezogenen Bett und dem Tablett, auf dem die Flasche mit ihrer weißen Halskrause steht. Es ist, als hätte sich alles mit Raureif überzogen.

Lilli ist da. Sie steht mitten im Zimmer, die langen Haare voller Blut, die Augen geschlossen, die Arme mit den vielen roten Schnitten kreuz und quer streckt sie mir hin. Mir graut vor Lilli: wie ein böser Dämon wird sie alles niederreißen, ohne auch nur die Hand gegen uns zu erheben. Ich kann es fühlen. Ich kann den goldenen Kokon, den ich um Ida und mich gewoben habe, mit meinem Willen und meinen Wünschen nicht mehr halten. Er löst sich auf.

»Was hast du?«, fragt Ida, und ich muss ihr alles erzählen. Alles. Sie sitzt auf dem Bett und ich hocke vor ihr auf dem Boden, und ich würde gerne meinen Kopf an ihre Knie legen, aber das erlaubt sie nicht.

Zuerst erzähle ich ihr von Lilli, und ich kann nicht mehr aufhören. Ich rede um mein Leben. Ich weiß, wenn es mir gelingt, all den alten Schutt beiseitezuräumen, können wir neu anfangen. Wir werden uns näher sein als je zuvor. Ida wird alles verstehen. Ich werde für sie aus Glas sein, sie wird mich erkennen und sehen, was sie für mich bedeutet. Sie wird mich tiefer lieben als zuvor.

Irgendwann kriechen wir ins Bett und fallen übereinander her. Ida schlägt auf mich ein, sie kratzt und beißt mich, sie verflucht mich und beschimpft mich, schreiend und flüsternd, und ich will das. Ich drücke ihr den Hals zu, bis sie nach Luft schnappt. Ich weine.

Ich bin außer mir, denn ich glaube, jetzt wird alles gut.

Ida ist außer sich, denn es ist ihr Abschied.

Und dann ruft sie ein Taxi. Ich packe sie von hinten und will sie nicht gehen lassen. Ich klammere mich an sie und versuche, sie zu Boden zu ziehen, lasse mich mitschleifen, wimmere laut. Sie macht sich mit erstaunlicher Kraft los, setzt ihre Pelzmütze auf.

»Eigentlich habe ich das immer alles gewusst«, sagt sie. Und dann ist sie weg.

Sie kommt zurück, denke ich und warte. Ich weiß nicht, wie lange ich gewartet habe.

Als ich in den Garten hinaussah, wurde es schon langsam hell über den Büschen am Zaun, und ich sah, dass in der Nacht Schnee gefallen war. Sie kommt zurück, dachte ich, ihre Leute sind noch hier.

Später bin ich dann losgezogen. Bei Harry standen Fenster und Türen offen. Er war am Saubermachen und Abrechnen. Ich setzte mich auf meinen Stammplatz, und Harry stellte mir, ohne groß zu fragen, einen Doppelten hin. Es war kalt und mein Atem war zu sehen.

Ich erinnere mich heute nicht mehr, was wir geredet haben. Nur ein Satz ist mir geblieben. Einer von Harrys Sätzen. »Warum suchst du dir immer welche aus, die nicht ganz richtig ticken?« Ich weiß nicht, ob ich geantwortet habe.

Beim Frühstück schreit meine Mutter, ohne aufzuhören, weil sie nicht neben der alten Frau mit dem Ausschlag im Gesicht sitzen will. Die Pflegerin sagt, es sei besser, wenn ich jetzt ginge, und ich gehe hinaus in den Sommermorgen. Wieder ist es Sommer und die Straßen sind frisch gesprengt und Tauben baden in den Pfützen.

Die kleinen Leute in Idas Garten sind schon dabei, sich aufzulösen. Ich hoffe, Gras wächst über sie. »Sie kehren zurück zu Mutter Erde«, hat Ida mal gesagt. Ich habe meiner Mutter davon erzählt und davon, dass die Stachelbeerbüsche schon lange nicht mehr stehen und die Rosen auch nicht. Sie hat mir zugehört, das habe ich gefühlt, aber sie hat geschwiegen. Es gab auch nichts zu sagen.

Die Pflegerin ist eine junge Frau, die immer enge rosa Pullover trägt. Sie behandelt meine Mutter mit einer Fürsorge und einer Geduld, die mich zärtlich stimmt. Sie sagt, meine Mutter müsse wohl in ein Pflegeheim. Ich finde den Gedanken unerträglich.

Heute Abend hat sie frei, und wir gehen zu Harry, um über alles zu sprechen.

Keto von Waberer

*Ein literarisches Meisterwerk, das von großer
Unerschrockenheit und Menschlichkeit zeugt.*

Keto von Waberer
Schwester

Die Schwester ist kränklich und beansprucht die ständige
Aufmerksamkeit der Mutter. Sie ist die erste und engste
Spielkameradin, Miterfinderin wunderbarer Fantasiewelten.
Sie ist eine hasserfüllte Gegnerin und begehrtes Objekt
schwesterlicher Liebe. Die Krankheit treibt sie schließlich in
eine immer größere Verletzbarkeit und Schwäche, die der
Schwester gegenüber in Kälte und Grausamkeit umschlägt.
Als sie stirbt, hinterlässt sie die Erzählerin in einem Zustand
der Lähmung.

»Keto von Waberers bisher persönlichstes und zugleich
bestes Buch.« *Die Welt*

Berliner Taschenbuch Verlag
Weitere Informationen: www.berlinverlage.de